GUMAA

IHR URSPRUNG

cross cult

TITAN COMICS
GROUP EDITOR **JAKE DEVINE**
SENIOR CREATIVE EDITOR DAVID LEACH
EDITORS PHOEBE HEDGES & CALUM COLLINS
EDITORIAL ASSISTANT IBRAHEEM KAZI
ASSISTANT EDITOR LOUIS YAMANI
PRODUCTION CONTROLLERS CATERINA FALQUI & KELLY FENLON
PRODUCTION MANAGER JACKIE FLOOK
ART DIRECTOR OZ BROWNE
SALES & CIRCULATION MANAGER STEVE TOTHILL
MARKETING COORDINATOR LAUREN NODING
PUBLICITY & SALES COORDINATOR ALEXANDRA ICIEK
PUBLICIST CAITLIN STORER
DIGITAL & MARKETING MANAGER JO TEATHER
HEAD OF RIGHTS ROSANNA ANNESS
HEAD OF CREATIVE & BUSINESS DEVELOPMENT DUNCAN BAIZLEY
PUBLISHING DIRECTORS JOHN DZIEWIATKOWSKI & RICKY CLAYDON
CHIEF OPERATING OFFICER ANDREW SUMNER
PUBLISHERS VIVIAN CHEUNG & NICK LANDAU

Die deutsche Ausgabe von Gumaa 1 wird herausgegeben
von der Cross Cult Entertainment GmbH & Co. Publishing KG;
Verlagsleitung: Andreas Mergenthaler und Luciana Bawidamann;
Teinacher Straße 72, 71634 Ludwigsburg.
Lizenzmanagement: Ruijing Qiu; Übersetzung: Denis Martynov;
Redaktion: Clemens Frey; Korrektorat: Inna Heinz;
Grafik & Lettering: Barbara Müller;
Marketing: Cécile Béran; Herstellung: Hannah Düser;
Vertriebsleitung: Peter Sowade;
Druck: Hagemayer, Wien.

ISBN: 978-3-98666-606-4 | Oktober 2024 | www.cross-cult.de

GUMAA

IHR URSPRUNG

GUMAA ERSCHAFFEN VON
JEEHYUNG LEE

KONZEPT, SKRIPT UND LAYOUT VON
JEEHYUNG LEE

BLEISTIFT UND TUSCHE VON
NABETSE ZITRO

BLEISTIFT, FARBE UND US-LETTERING VON
JEEHYUNG LEE

EDITIERT VON
OLAYINKA H. EDUN

LOKALISATION VON
NICK MACARI

DOWNTOWN, MELANFIELD CITY, 1999.
BANG! BANG!
CLACK!
!!!
WAS ZUR ...
RRAAAUUGGGHHHH...

ARGH!!!
UGH!
SLASH!
STAB!
SLASH!
uGGGHHHH...

THUD!
HUUAAH!
!!!
RAUUGHHH!!!
AAHHH!!!
SLAM!!
SNAP

GEHT ES IHNEN GUT?
W... WAS IST D... DAS?
DAS SIND MAAGI. HABE SIE BIS VOR HEUTE ABEND NOCH NIE GESEHEN, ABER SIE SIND GERADE ÜBERALL AUF DEN STRASSEN.
I... ICH SAH, WIE ER ANGESCHOSSEN WURDE, A... ABER ER LIEF EINFACH WEITER.
WIR HABEN KEINE ZEIT ZU VERSCHWENDEN, WIR MÜSSEN ZUM KLOSTER!

!!!
RRAAUUGGHHH!
LAUFEN SIE DIREKT ZUM KLOSTER, ES IST NICHT WEIT VON HIER!
ARGH!
UGHH!!!

HUK HUK
BLEIBT WEG!
KKRUGHKK!!
GHHAARGHHH!!

IRGENDWER, HELFEN SIE MIR! BITTE!
KRTTCH
AUUUUU ...
A... AHH!!!

KRUGHK!
GHARGH!!!
B... BITTE! HELFEN SIE MIR!
GENUG.
THOOOM

KA KRAK!
KKRAKK!

...
KOMM REIN.
BRINGT DIE MAAGI ZUM ALTAR. ICH WERDE DEN FLUCH ENTFERNEN UND SIE ZURÜCKBRINGEN. IHR ANDEREN, HELFT DEN LEUTEN DA DRAUSSEN.
JA, HERRIN.
DANKE DIR, HERRIN!!!
MEINE HERRIN!!!

HEY, ANDRE.
JACOB.
HAB MEINEN HOMIE DABEI.
...
RELAX, DIGGA, ER IST COOL. WIR SIND NUR HIER FÜR NE NETTE ZEIT.
KANG KANG
CREAK.
ICH BIN RELAXED, SOLANGE DIE COPS UNS NICHT AUF DEN SACK GEHEN.

DANKE, ANDRE.
ZWEI KUNDEN KOMMEN REIN. SIND SAUBER. MACHT DIE MÄDCHEN BEREIT.
SCREECH!
GUTEN ABEND, SIR.
ALLES KLAR BEI DIR?

HEY.

MANUEL, DU WIRST OBEN GEBRAUCHT.
TAP
TAP

DAS SIND 9,800$. WO IST DER BOSS? ICH WOLLTE NE GROSSE MENGE KAUFEN, WEISSTE?
MAMAS MATRATZE GEPLÜNDERT?
300 TÜTEN. JEDES MÄDCHEN, DAS ER WILL ...
HEY MACHT KEIN SCHEISS. ICH SAGTE, ICH WILL DEN BOSS SEHEN. ICH MACHE GESCHÄFTE NUR MIT BEHEMA!
ICH MEINS VERSCHISSEN ERNST!!! ICH SCHLAGE MICH HIER NICHT MIT HANDLANGER-NIEMANDEN RUM! ICH WILL MIT DEM MANN PERSÖNLICH REDEN! HOLT MIR BEHEMA!

NUR 'N HANDLANGER ... EIN NIEMAND ... HEHEH
HEHEH HEHEHAHA HAHAHAHAHAH
VIELLEICHT BIN ICH IM ROSSEN UND ANZEN JA NUR HANDLANGER. N NIEMAND ...
WENN DU DAS SAGST. HAHA ...
... NATÜRLICH BIST DU KEIN NIEMAND.
DIESER PENNER WILL SICH NICHT MIT HANDLANGERN RUMSCHLAGEN. KÜMMER DICH UM IHN.
BEHEMA WISCHT SICH MIT ZEHN RIESEN DEN ARSCH AB.
DIE EIER, DIE DIESE VERSAGER HABEN, GESCHÄFTE MIT LUCIEL ZU MACHEN, ALS WÄREN WIR DIE SCHEISS APOTHEKE VON NEBENAN.

MIT MANUEL SO ZU REDEN. DU BIST ZU WEIT GEGANGEN.
SCHEISSE NOCHMAL, ICH WILL DOCH NUR MIT EUREM BOSS REDEN!!!
AAGGGH!

DOWNTOWN, MELANFIELD CITY. 1984
DAS VERBRECHERSYNDIKAT [LUCIEL] BEFINDET SICH HINTER DER HAUPTSTRASSE. ABGESEHEN VOM OBERSTEN STOCK HAT DAS GESAMTE ROTE GEBÄUDE KEINE FENSTER.
DARIN,
PRODUZIEREN UND VERTREIBEN SIE DROGEN,
BIETEN UNTER DROGEN GESETZTE PROSTITUIERTE AN.
FÜHREN EINE BANDE VON AUFTRAGSKILLERN AN, DIE IHRE OPFER EINSPERREN UND FOLTERN.

EIN MANN ARBEITET ... UND EIN ANDERER MANN STOPFT SICH MIT ALL DEM VOLL.

M... MANUEL, I... ICH...
SCHHHH ...
HAB SIE AN DER STADT-GRENZE GESCHNAPPT, ALS SIE ABHAUEN WOLLTE.
SCHÖN DICH WIEDER ZU HABEN, SANDRA. ABHAUEN FÜHRT NIRGENDS HIN, AUSSER IN DIESEM RAUM ... DU WEISST, WAS DAS FÜR EIN RAUM IST, JA?
DIESER RAUM IST ZUM VERSCHWINDEN LASSEN VON PROBLEMEN GEDACHT. MENSCHLICHE PROBLEME: KUNDEN, KONKURRENTEN, UND GELEGENTLICH IDIOTEN WIE DICH.
SCHAU DICH UM, DAS WERKZEUG IST NICHT NUR ZUR DEKO.

WENN JEMAND ABHAUT, KOMMEN ANDERE AUF DIE GLEICHE IDEE. UND SOWAS BEREITET UNS DANN ECHTE KOPFSCHMERZEN.
ICH HABE MEINE SCHULDEN GEZAHLT BEHEMA SAGTE, IC WÄRE SAUBER. ER SAGTE ICH WÄRE FREI.
SANDRA ...
... BEHEMA LÄSST NIE JEMANDEN GEHEN. DAS WISSEN WIR ALLE. ES WAR NUR E KLEINER URLAUB. U DANK DIR HABEN W ALLE NUN NOCH ME ARBEIT.
WO IST BEHEMA!? ER SAGT, ICH WÄRE FREI. LASS MICH EINFACH ZU IHM!
...

ALSO WIRKLICH.
SO VIELE LEUTE ... WOLLEN MIT BEHEMA SPRECHEN, WÄHREND ICH SEINE DRECKSARBEIT ERLEDIGE.
HALT SIE FEST.
N... NEIN! LASS MICH LOS!
!!!

VATER UNSER, DER DU BIST IM HIMMEL. GEHEILIGT WERDE DEIN NAME; DEIN REICH KOMME; DEIN WILLE GESCHEHE. WIE IM HIMMEL SO AUF ERDEN. UNSER TÄGLICHES BROT GIB UNS HEUTE; UND VERGIB UNS UNSERE SCHULD, WIE AUCH WIR VERGEBEN UNSERN SCHULDIGERN.
SOBALD ICH ALLES AN BEHEMA ZURÜCKGEZAHLT HABE, BIN ICH WEG. KANN IHN NICHT MEINE TOCHTER BEHALTEN LASSEN.
BIN SICHER, DASS SANDRA GENAU DENSELBEN GEDANKEN HATTE. WACH AUF, MARSHA. DAS IST ALLES BULLSHIT.
THUD

DANN WERDE ICH IHN TÖTEN.
DER ALTE DOLCH DA KANN NICHT MAL EIN STÜCK BROT ABSCHNEIDEN.
...
HAHAHA
KNOCK
KNOCK

CREAK
KHALIDA, HAST EINEN KUNDEN. ZIMMER 27.
SWOOSH

WIE LANGE WIRD BEHEMA DICH NOCH SCHÜTZEN, MH?
HAB HIER DAS ZEUG FÜR DICH, MARSHA.
NICHT SO SCHNELL, MARSHA.

WIR STELLEN STRASSENMÄDCHEN DIE ZIMMER ZWAR ZUR VERFÜGUNG, ABER FÜR DAS DOPE MUSST DU ZAHLEN. BEHEMA LÄSST DIR ETWAS SPIELRAUM WEGEN *BRENNA,* ABER BEI MIR LÄUFT DAS NICHT.
WAS IMMER DU WILLST, MANUEL.

WHHHRRRRRRR
KNOCK KNOCK

SIND ALLE DROGEN AUSGE-LIEFERT WORDEN?
GING FAST ALLES RAUS.
PAAR SCHLAMPEN HATTEN ZU WENIG DABEI.
...
WIE REDEST DU? DAS SIND UNSERE ANGESTELLTEN. GIB IHNEN, WAS IMMER SIE WOLLEN. SIE ARBEITEN HÄRTER UND NEHMEN MEHR EIN, WENN SIE HIGH SIND.
HAB ICH SCHON GETAN, BOSS. ABER VERDIENEN DIE DAS? SIE SIND DOCH NUR ...

OHH, VERSTEHE ... KHALIDA. SAGTE ICH DIR NICHT, „FICK NICHT DIE ANGESTELLTEN"? ICH WIEDERHOLE MICH SEHR UNGERN.
TOK
WHHHHRRRR ... RRR
HEHE
JA, ICH VERSTEHE.

WIE ZUR HÖLLE WILLST DU GELD ANSPAREN, WENN DU DROGEN NIMMST, HM?
DEIN TATTOO WIRD DIE NADELSTICHE NICHT VERDECKEN.
ES IST AUCH NICHT DAFÜR GEDACHT. ES IST MEIN FAMILIENWAPPEN.
EIN FAMILIENWAPPEN? UNGLAUBLICH. WAS TREIBST DU DANN HIER?

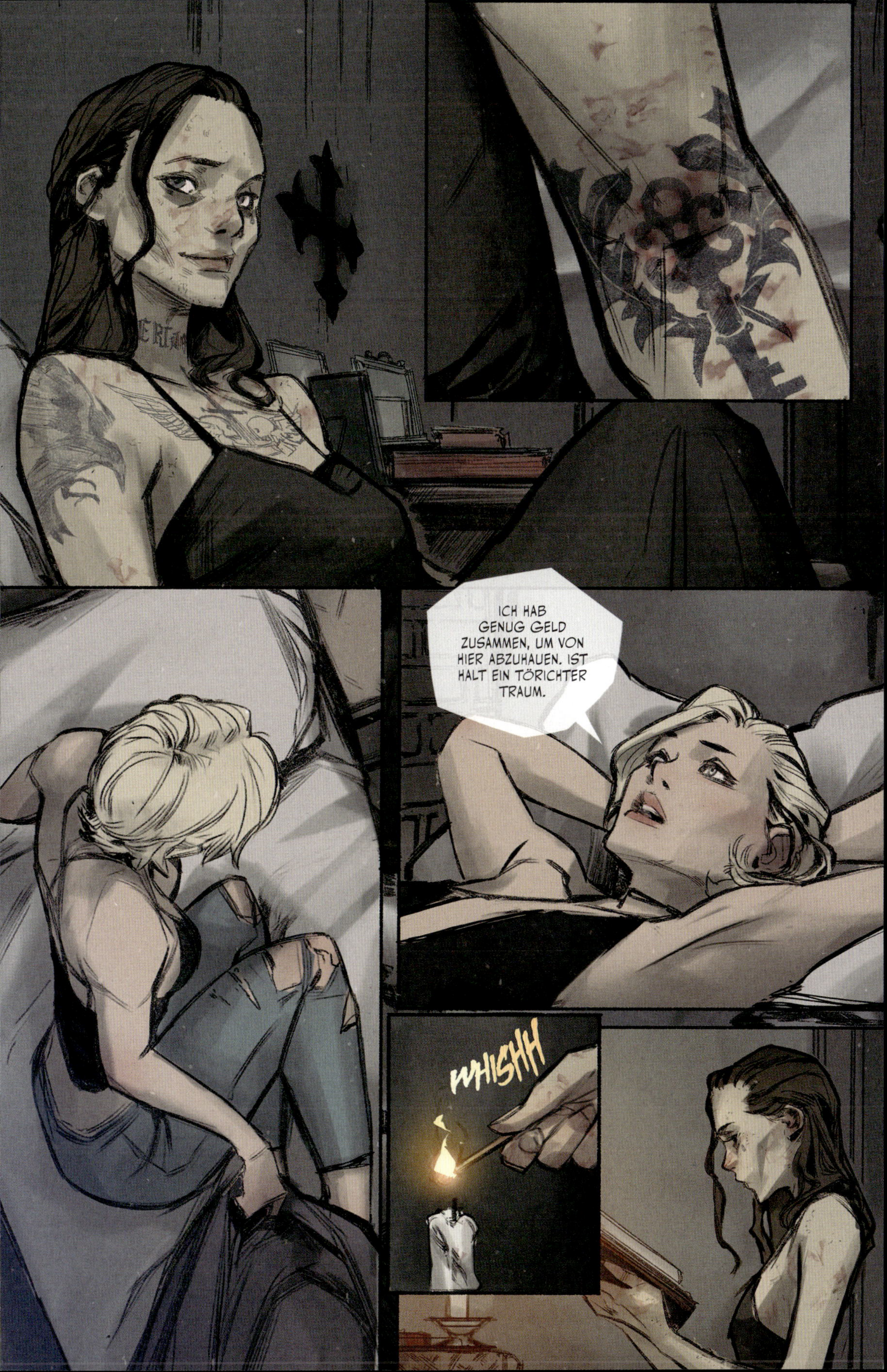
ICH HAB GENUG GELD ZUSAMMEN, UM VON HIER ABZUHAUEN. IST HALT EIN TÖRICHTER TRAUM.
WHISHH

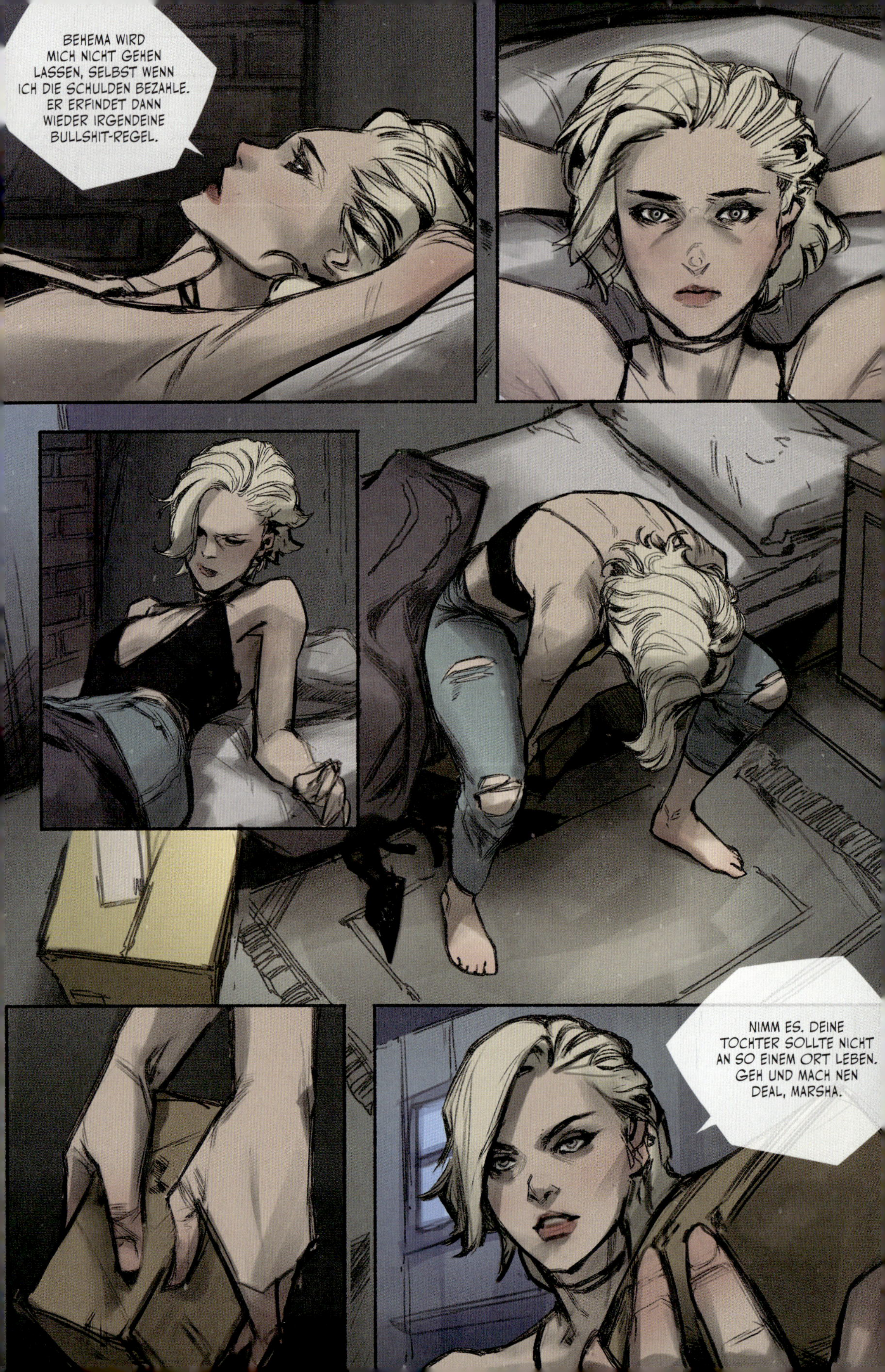
BEHEMA WIRD MICH NICHT GEHEN LASSEN, SELBST WENN ICH DIE SCHULDEN BEZAHLE. ER ERFINDET DANN WIEDER IRGENDEINE BULLSHIT-REGEL.
NIMM ES. DEINE TOCHTER SOLLTE NICHT AN SO EINEM ORT LEBEN. GEH UND MACH NEN DEAL, MARSHA.

KHALIDA ...
TAP TAP

SO LIEB VON DIR. DIESE SCHULD WERDE ICH BE-GLEICHEN.
...?
KHALIDA.
ICH WERDE IMMER FÜR DICH BETEN.
ES GIBT *KEINEN GOTT.* UNSER LEBEN WÄRE NICHT SO SCHEISSE, WENN ES EINEN GÄBE. ES IST VERRÜCKT ZU HOFFEN, DASS DEINE GEBETE ERLÖSUNG BRINGEN.

CREAK
KOMM MIT HOCH.
...

CREAK
MARSHA FERNANDEZ! NUN DIES IST RECHT ÜBERRASCHEND. DU HAST GELD FÜR MICH?

VERDAMMT!!! WANN HAST DU DAS ALLES ANGEHÄUFT, HM?
...
BRENNA!
BRENNA!
BRING SIE RAUS.
CREAK

PUFF
MARSHA, DU HAST ALSO GELD, UM DEINE FREIHEIT ZU ERKAUFEN?
BRENNA HAT'S GERADE GUT. HAST DU ÜBERHAUPT EINE AHNUNG WIEVIEL IHRE KLAMOTTEN KOSTEN?
DIE KLEIDER, DAS ESSEN. DAS ALLES WEGEWERFEN, WEGEN EINER VÖLLIG VERZERRTEN ILLUSION VON FREIHEIT? SEI MAL EIN PROFI. ALLE BERUFE SIND GLEICH EHRENWERT.
SEI STILL. DU BIST EIN WAHRLICH PERFIDER HUNDESOHN. FÜR ARSCHLÖCHER WIE DICH HAT GOTT EINEN BESONDEREN PLATZ IN DER HÖLLE.
...
THUDD

ICH HAB DAS GELD GEBRACHT, GENAU WIE DU ES WOLLTEST ... JETZT LASS MICH UND MEINE TOCHTER FREI!
GLUG-GLUG-GLUG
WEISST DU, WIE DAS IST, EIN KIND ZU VERLIEREN, MARSHA? ICH SCHON. ICH HABE MEINE TOCHTER WÄHREND EINER BANDENSCHIESSEREI VERLOREN. NATÜRLICH IST SIE DEINE TOCHTER, ABER ICH LIEBE SIE, ALS WÄRE SIE MEINE EIGENE. DAS WEISST DU.
SSHHWW
ZWEI TAGE. ICH MUSS MICH VON BRENNA AUF MEINE WEISE VERABSCHIEDEN. DANACH KÖNNT IHR EURE FREIHEIT HABEN. ICH HALTE MEIN WORT.
ZWEI TAGE.

WOLLEN SIE DIESE MARSHA UND IHRE TOCHTER WIRKLICH GEHEN LASSEN?
WIE KANN ICH MEINE TOCHTER GEHEN LASSEN? WÜRDEST DU SIE SO LEICHT GEHEN LASSEN, WENN DU AN MEINER STELLE WÄRST?
WIE HAT MARSHA SO VIEL GELD AN-SPAREN KÖNNEN?
HAH ... DAS GERÜCHT WIRD SICH VERBREITEN ... HAST DU 'NE ZÜNDENDE IDEE?
ES GIBT EINEN WEG.
UND WELCHEN?

VATER UNSER, DER DU BIST IM HIMMEL.
ERHÖRE MEIN GEBET.
...

KOMM, BEDIEN' DICH AM DOPE. DU BIST DOCH 'NE GROSSE NUMMER, KHALIDA. DU HÄNGST AN DEM ORT HIER, NICHT WAHR?
ICH PASSE. UND VON DIESEM SINNLOSEN GESPRÄCH HABE ICH GENUG.
THOKK
KOMM WIEDER HER UND SETZ DICH, KHALIDA.
WAS HÄLTST DU VON EINEM DEAL? ICH LASSE DICH FREI.
DOCH NICHT GENUG VON DEM GESPRÄCH? ICH GEBE DIR DEINE FREIHEIT WIEDER.

CREAK
WARST ECHT LANG WEG. NACHFRAGE WOHL HIMMELHOCH, HM?
FERNANDEZ
VATER UNSER, DER DU BIST IM HIMMEL. GEHEILIGT WERDE DEIN NAME ...
...

MARSHA, ICH ...
SCHHH. ICH BETE FÜR DICH. UNTERBRICH ES NICHT.
ICH WEISS NICHT, OB DU JEMALS BEGREIFEN WIRST, WIE DANKBAR ICH DIR BIN, DASS DU MICH AUS DIESER HÖLLE RETTEST, KHALIDA. EINES TAGES WERDE ICH DICH RETTEN.
HAB'S DIREKT VON BEHEMA BEKOMMEN.

GIB ES MIR!
WELCH GLÜCKLICHER TAG. DU BIST DIE BESTE!
CLANK

!!!
WOVON - ZUR HÖLLE - REDEST DU?
BRENNA IST HIER MIT MIR BESSER DRAN. DENK DRÜBER NACH. MARSHA, NUN ... SOLCHE JUNKIES ERREICHEN NIE DAS ENDE DES REGENBOGENS. SIE KANN BRENNA NICHT GLÜCKLICH MACHEN. DAS WEISST DU, KHALIDA.

WENN DU DEINE FREIHEIT WILLST, IST DAS MEINE BEDINGUNG. GIB IHR DAS ZEUG EINFACH. KEIN GRUND SICH SCHLECHT ZU FÜHLEN. ICH HABE DIR NICHT GESAGT, WAS DA DRIN IST.
ICH MEINS ERNST. NIMM DIESEN HAUFEN KOHLE.
DU KANNST DAMIT EIN NEUES LEBEN ANFANGEN. STECKS EIN.

K... KHALIDA ...
D... DU? HAST M... MICH
V... VERRATEN!
... ICH HAB'
NUR ...
M... MARSHA ...

ICH DACHTE, DAS WÄRE DAS ZEUG, WAS DU DIR IMMER SPRITZT.
LÜGNERIN!!!

KRSSHHHH
UGH ...
...

PLORKK
M... MARSHA ...

ICH VERFLUCHE DICH. BIS IN ALLE EWIGKEIT!
THUMP

GEHT ES DIR GUT? DAS WAR SCHON NE NUMMER. HABE DIR EIN PAAR ERHOLUNGSTAGE MEHR ZUGETEILT.
ICH HABE GETAN, WAS DU WOLLTEST. ICH HAB IHR DAS GIFT GEGEBEN UND JETZT LÄSST DU MICH GEHEN.

GIFT? DU TUST MIR UNRECHT, KHALIDA.
DAS WAR MEIN BESTES ZEUG. MEIN ABSCHIEDSGESCHENK AN SIE.
DIE DREISTIGKEIT MAL AUSSEN VOR, GEGEBEN HAST DU ES IHR JA.
GLUG-GLUG

ES IST NUR SO BEDAUERLICH, DASS DU SIE GETÖTET HAST. WIE KANN ICH DICH JETZT FREILASSEN? EINE MÖRDERIN MEINER ANGESTELLTEN ... UNTER MEINEM DACH. KHALIDA!
DU VERLOGENER HUNDESOHN!
LAM BLAM BLAM
THUDDD
BOSS!?
CREAK

BLAM
KRRR.
THUM
SCHNAPPT SIE!
SIE HAT DEN BOSS
ABGEKNALLT!
SCHEISSE.

MA... NU... EL...
BOSS!
RUF ... DEN ...
RETTUNGSWAGEN ...

CLICK

MANUEL ...

VRROOOMMMMM
TAXI

SCHNELLER!
SHRROOOMMM
BRING UNS AUS DER STADT RAUS!

TAXI
CRASH
SCREECH
BITTE NICHT.
WIR KÖNNEN HIER
NICHT WEITER.

BITTE VERZEIHEN SIE.
TAK TAK TAK

HIER DRÜBEN!
SCHNAPPT SIE!
SPLAT SPLUP
AHHH!!!

AU ...

ZURÜCKBLEIBEN.
RUHIG. ENTSPANN DICH.
ICH HABE NOCH ZWEI KUGELN. WER ABKRATZEN WILL, KANN GERNE VORKOMMEN.

KRKKK
HEY. RELAX! DAS WASSER IST ZU KALT ZUM SCHWIMMEN.
KOMM, LASS UNS EINFACH ZURÜCKGEHEN. MANUEL WILL DICH LEBEND.
HEH HEH.

DANN STERBE ICH LIEBER HIER.
...

WO IST SIE? HABT IHR SIE GEFUNDEN? ICH WILL SIE LEBEND.
MANUEL, HIER DRÜBEN!

NEIIIN!!!

NEIN ...
IHR HABT SIE ENTKOMMEN LASSEN?!
M... MANUEL ...
LOS, FINDE SIE!
AAAHH

IHR ALLE, RUNTER DA. ABER SCHNELL!
SIND DRAN.

HUK HAK HUK

UUUUHH
THUMP
HUUUUHH

HIER DRÜBEN!
DIE SCHLAMPE IST IN DEN TEMPEL REIN!

KHALIDA ...

MARSHA! DAS IST NICHT MÖ...
KHALIDA ...
NEIN, ICH HABE ES NICHT GEWUSST! ICH WOLLTE DICH NIEMALS TÖTEN.
BLEIB WEG VON MIR!

KHALIDA ...
!!!

WENIGE TAGE SPÄTER
KNRRK
WIE ZUR HÖLLE KONNTE SIE VERSCHWINDEN? WAS IST MIT UNSEREN MÄNNERN, DIE IHR ZUM BACH GEFOLGT SIND?
ES SIND VERSCHISSENE TAGE VERGANGEN UND NIEMAND KANN MIR EINEN SCHEISSDRECK SAGEN?!

KNOCK KNOCK
GOTT-
VERDAMMTE ...
MANUEL.
ES IST ZEIT.
THUD
WIR MACHEN
HIER SPÄTER
WEITER.

SIE SOLLEN
DIE LICHTER
AUSMACHEN.

BEHEMA DIAZ
Gestorben am 09. Februar 1987
Im Alter von 52 Jahren
...

BEHEMA DIAZ
Gestorben am 09. Februar 198
Im Alter von 52 Ja
ZWEI MONATE SPÄTER

WIR MÜSSEN MEHR ZEUG LOSWERDEN. DIE KOSTEN EXPLODIEREN UND DIE SCHEISS BULLEN SAUGEN UNS FAST LEER.
SEIT BEHEMAS TOD BLEIBEN UNS DIE KUNDEN FERN.
NEIN, ALSO ICH SAGE NUR ... ICH MACHE DAS. WIR BEKOMMEN ES HIN.
!!!

DU!
MIT DEM WINZIGEN DOLCH DA ...

DU WAGST ES, HIER AUFZUTAUCHEN, MIT DIESEM SCHEISS TEIL?
HÄTTEST ES MIT 'NER BOMBE VERSUCHEN SOLLEN, WENN DU SCHON SO MUTIG BIST!
GLAUBST DU, ICH HÄTTE DAS OHR VERGESSEN, DU SCHLAMPE?

HÖR ZU ...
KHALIDA, KEINE AHNUNG, WIE DU ÜBERLEBT HAST.
ABER SCHÖN, DICH ZU SEHEN.
ICH BIN HIER JETZT AM DRÜCKER. ICH ENTSCHEIDE ALLES. DU MUSST HIER NICHT MEHR ARBEITEN.
WIR KÖNNEN DIE VERGANGENHEIT RUHEN LASSEN. NEU ANFANGEN. EIN NEUES LEBEN BEGINNEN ABER DU WIRST HIER NUR ZU MEINEM VERGNÜGEN SEIN.

NUN?
EINVER-STANDEN.
EIN NEUES LEBEN GEMEINSAM. EIN GEMEINSAMER NEUSTART, ABER UNTER EINER BEDINGUNG ... ICH LEITE VON NUN AN LUCIEL UND IHR ALLE ARBEITET FÜR MICH.
WAS?! DEINE STIMME, DIESER NONNENFUMMEL, UND ... BIST DU NONNE GEWORDEN UND HAST DIR SELBST VERGEBEN, BEVOR DU HERGEKOMMEN BIST?

SCHAU DIR MEIN OHR AN, DU SCHLAMPE. ICH BIN AUF EWIG ENTSTELLT. DU SCHULDEST MIR WAS!
SCHLIESS DIE TÜR.
SLAM
EHHHH, KHALIDA ...
ARGGHHH, SCHEISSE!

DU ... WAS ZUR HÖLLE ...
FLUMP
HAST DU GETAN ...?
DU VERDAMMTE SCHLAMPE!
BLAM
BLAM
BLAMM

DU SCHULDEST EHER MIR WAS. NUN WÄHLE: WILLST DU KNIEND STERBEN.
ODER STEHEND LEBEN UND FÜR MICH ARBEITEN?

WHOOSH
MANUEL, IST ALLES IN ORDNUNG?
NEIN, ES IST VERSCHISSEN NICHTS IN ORDNUNG! ERSCHIESST SIE! TÖTET DIE SCHLAMPE!
BAM BAM BAM BAM BAM BAM
KRSSH
POP
PING
POW
POW

AGGH
UUHH

WÄHLE DEIN SCHICKSAL.

IHR WERDET MIT DER ERRICHTUNG EINES GROSSEN TEMPELS BEGINNEN. UNSER WEG WIRD ZUR VOLL-KOMMENEN RELIGION FÜR DIE VERIRRTEN UND ÄNGSTLICHEN WERDEN. NUR UNSER CLAN WIRD DAS HEIL BRINGEN, WELCHES SIE SO VERZWEIFELT SUCHEN.
SCHICKT BRENNA FORT.
ICH LASSE ES NICHT ZU, DASS SIE IN DER HÖLLE, DIE IHR GE-SCHAFFEN HABT, LEBT. SIE WIRD AUCH NICHT BEI MIR BLEIBEN KÖNNEN ...
ICH BIN DIE GÖTTIN DIESER STADT.

KLOSTER, MELANFIELD CITY, 1999.
IRGENDWER, HELFEN SIE MIR! BITTE!
KRTTCH
AUUUUU ...
A... AHH!

KRUGHK!
GHARGH!!!
B... BITTE! HELFEN SIE MIR!
GENUG.
THOOOM

KKRAKK!
KA KRAK!

...
KOMM REIN.
BRINGT DIE MAAGI ZUM ALTAR. ICH WERDE DEN FLUCH ENTFERNEN UND SIE ZURÜCKBRINGEN. IHR ANDEREN, HELFT DEN LEUTEN DA DRAUSSEN.
JA, HERRIN.
DANKE DIR, HERRIN!!!
MEINE HERRIN!!!

KLIK
KLIK
KLIK
BLEIBT WEG VOM ALTAR.
GRRARGH
KLIK

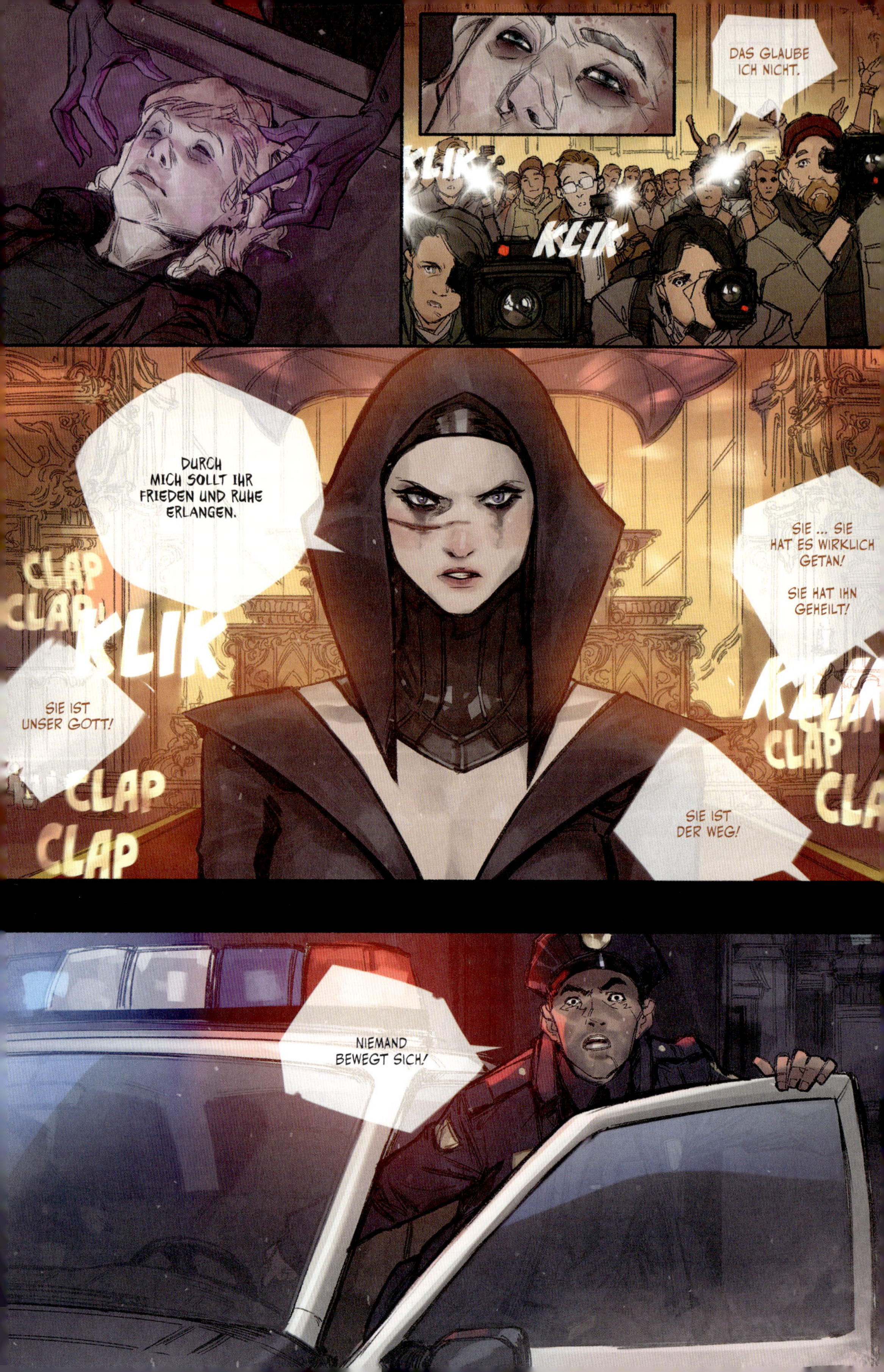
DAS GLAUBE ICH NICHT.
KLIK
KLIK
DURCH MICH SOLLT IHR FRIEDEN UND RUHE ERLANGEN.
SIE ... SIE HAT ES WIRKLICH GETAN!
SIE HAT IHN GEHEILT!
CLAP CLAP
KLIK
SIE IST UNSER GOTT!
CLAP CLAP
CLAP
SIE IST DER WEG!
NIEMAND BEWEGT SICH!

UGGGHHHH...
10-78.
MELDE ES.
SOFORT!
115 GEORGIA AVENUE. MELANFIELD CITY PD. BEAMTE BEFINDEN SICH IM KAMPF GEGEN MAAGI. BRAUCHEN VERSTÄRKUNG!
BLAM
BLAMMM
POLICE
PIK
PSHOO
PSHOO
RAUUGHHH!!!
GOTT-VERDAMMT ...

STEVE!
YAAA ... ARRGHHHH!
ARGH!
KKRUGHKK
THWAKK
THWAKK
THWAKK

SNAP
!!!
POLICE
DU BIST EIN EXORZIST DER LUCIEL.
STEVE!

HALT DURCH. HILFE IST UNTERWEGS.
MEHR MAAGI SIND AUF DEM WEG HIERHER. TRÄNKT EURE KUGELN IN DAS WEIHWASSER. NUR DAS HÄLT SIE AUF.

...
AUF DEINEN FREUND WARTET EIN PEINIGENDER TOD ODER, SCHLIMMER, DIE VERWANDLUNG IN EINEN MAAGI. VIELLEICHT, WENN DU IHN RECHTZEITIG ZUM KLOSTER BRINGST, WIRD DIE *HERRIN IHN HEILEN KÖNNEN*, VIELLEICHT.

?!
BLORRT BLORRT
DAS DARF DOCH NICHT WAHR SEIN.
BLUB BLUB

MELANFIELD POLICE DEPARTMENT
POLICE
POLICE
LUCIEL RETTET DIE STADT: BESCHÜTZT EINWOHNER UND HEILT MAAGI.
DEINE SCHICHT IST SEIT STUNDEN ZU ENDE. WAS MACHST DU HIER NOCH, KEN? DACHTE, DU BIST SCHON LÄNGST WIEDER AM STÖBERN DURCH ANTIQUITÄTEN. KOMM, WIR HOLEN UNS NEN PITCHER IN DER BAR.

NÄCHSTES MAL, JUNGS. MUSS HIER NOC ETWAS PAPIERKRAM NACHHOLEN.
OK, WIR SIND JEDENFALLS RAUS.
ES TAUCHEN TÄGLICH IMMER MEHR MAAGI AUF. ABER IRGENDWIE WIRD DER LUCIEL CLAN IMMER STÄRKER. POLIZISTEN STEHEN SCHLANGE BEIM TEMPEL, UM AN WEIHWASSER RANZUKOMMEN. DAS STINKT DOCH ... ETWAS PASST DA NICHT.

BZZZZ BZZZZ
DETECTIVE KENJI HIER.
WIR TREFFEN UNS DA.

BEHEMA
Gestorben am
09. Februar 19
Im Alter von 52 J
BEHEMA DIAZ
Gestorben am
09. Februar 1987
Im Alter von 52 Jahren

WARUM REGNET ES IMMER, WENN WIR UNS HIER TREFFEN?
HEY, DU HAST INFOS ÜBER DIE MAAGI?
ETWAS SELTSAMES GEHT DA VOR. IST DIR AUFGEFALLEN, DASS DIE EXORZISTEN IMMER ZUR RECHTEN ZEIT AM RECHTEN ORT SIND?
WOVON REDEST DU?
DAVON, DASS JEDES MAL, WENN DIE MAAGI ANGREIFEN, DIE EXORZISTEN ZUR STELLE SIND ... GENAU RECHTZEITIG, UM DIE MENSCHEN ZU RETTEN. ES WIRKT FAST ARRANGIERT.
DU DENKST ALSO, DASS DA WAS FINGIERT IST?

ICH SAGTE ES SCHON MAL; WAS IST, WENN DIE MAAGI TATSÄCHLICH TEIL DES LUCIEL CLANS SIND?
BENUTZT DU IHR WEIHWASSER FÜR DEINE KUGELN?
BREANNA, ICH BEFOLGE BEFEHLE, WIE JEDER ANDERE AUCH. KEINE AUSNAHMEN. AUSSERDEM KÖNNEN WIR SIE OHNE NICHT BESIEGEN. DAS WEISST DU.
HAT SICH NIE JEMAND GEFRAGT, WARUM NUR DAS LUCIEL WEIHWASSER GEGEN DIE WIRKT? ODER WARUM DIE EINZIGE PERSON, DIE SIE HEILEN KANN, DIE HERRIN DES LUCIEL-CLANS IST?
DIE PANISCHEN MASSEN SCHMEISSEN DEM KLOSTER AUS BLINDEM GLAUBEN GELD IN DEN RACHEN. FÜR DAS WEIH-WASSER MACHT DIE POLIZEI GESCHÄFTE MIT LUCIEL.
JEDEN TAG WIRD LUCIEL MÄCHTIGER, ABER KEINER SCHAUT AUF DIE WURZEL DES ÜBELS. NIEMAND STELLT FRAGEN. WAS IMMER DA LOS IST, DER EINZIGE ORT, AN DEM DIE ANTWORTEN SIND, IST DAS LUCIEL KLOSTER.

ICH WILL NICHT, DASS MAN DIR DA DRAUSSEN WAS ANTUT.
DANKE, ICH HAB SELBST MEHR ALS GENUG DAVON. DU KÖNNTEST ES EHER BRAUCHEN.
DIE KRÄFTE DER HERRIN VON LUCIEL ENTSPRANGEN EINEM ALTEN ARTEFAKT, EINEM SCHWARZEN DOLCH. WENN DU DICH MIT IHR ANLEGEN WILLST, BRAUCHST DU DEIN EIGENES RELIKT DER MACHT ... OHNE WIRST DU KEINE CHANCE HABEN

ARTEFAKTE ... RELIKTE?
OBJEKTE AUS DEM KRIEG ZWISCHEN HIMMEL UND HÖLLE, JAHRTAUSENDE HER ... DU HAST KEINE AHNUNG WOVON ICH REDE, ODER?
AUF ALLE FÄLLE, HIER. VIELLEICHT WIRST DU ES BRAUCHEN.
DU GLAUBST NICHT ERNSTHAFT AN DAS ALLES, ODER? UND WIE BIST DU AN DEIN EIGENES WEIHWASSER RANGEKOMMEN? DU WIRST ES NIEMALS MIT DEINEM EIGENEN GELD GEKAUFT HABEN ...
SEI VORSICHTIG, KEN.

KHALIDA ...
KHALIDA ...

LASS MICH ZUFRIEDEN! GEH WEG!!!

HERRIN, WAS IST LOS?

KKRAKK
KA KRAK
HERRIN!
KA KRAK

... UGH.
PSSSH PGGGH
THWWP
DU WAGST ES, MICH MIT DER HAND ANZUGREIFEN, DIE ICH ERSCHUF?

TIP TAP TIP TA

TSSSHH
RUFT MANUEL HERBEI, SOFORT!

MELANFIELD POLICE DEPARTMENT
POLICE
POLICE

DIESER DOLCH MUSS DER SCHLÜSSEL SEIN. SIE NUTZT WEIHWASSER, UM DIE MAAGI ZU KONTROLLIEREN UND DEN DOLCH, UM DIE NEUINFIZIERTEN ZU HEILEN. WENN RELIKTE EINES URALTEN KRIEGES ZWISCHEN GUT UND BÖSE WIRKLICH EXISTIEREN ...
MUSS DER DOLCH, DEN SIE FÜHRT, ALSO DAS BÖSE SEIN.
WAS TUST DU DA? SIEHST DU DIR WEITERE FÄLLE AN?
LUCIEL?! IM MÜLL UNSER VERBÜNDETER ZU WÜHLEN WIRFT KEIN GUTES LICHT AUF UNS, KEN.

GENAUSO WIE DEINE ZEIT DAMIT ZU VERBRINGEN, ANTIKEN MÜLL ANZUSCHLEPPEN ... ALS ICH DAS LETZTE MAL NACHSAH, HATTEST DU EINEN STAPEL MIT WIRKLICHER POLIZEI-ARBEIT DA LIEGEN.
CHIEF, DIE MAAGI WERDEN IMMER MEHR. UND IMMER MEHR BÜRGER SCHLIESSEN SICH TAG FÜR TAG WIE WAHNSINNIG DIESEM LUCIEL-KLOSTER-KULT AN.
WARUM UNTERSUCHEN WIR SIE NICHT?
... KEN
JEDE NACHT HELFEN UNS DIE EXORZISTEN VON LUCIEL DIE ECHTEN WAHNSINNIGEN IN DER STADT ZU BEKÄMPFEN. SIE NEHMEN UNS EINE GEWALTIGE LAST VON DEN SCHULTERN. HÖR AUF SIE ZU UNTER-SUCHEN. DAS IST EIN BEFEHL.

ES GIBT GERÜCHTE, DASS DU ...
TAK
WIR MACHEN HIER NICHT UNSERE ARBEIT.
...
THUD

WAS GLAUBST DU, WO DU HIN GEHST?
ANTIKEN MÜLL JAGEN.
DU WIRFST NICHT ERNSTHAFT DEINE KARRIERE WEGEN SO EINEN BULLSHIT WEG?
ALL DIESE STÜCKE SIND WERTVOLLE RELIKTE UND MEIN PERSÖNLICHES EIGENTUM. ICH WERDE SIE SPÄTER HOLEN. ALSO DENKEN SIE NICHT MAL DARAN, SIE ZU BEGRAPSCHEN.

...
IMMER NOCH NICHTS GEFUNDEN?

VIELE MEINER EXORZISTEN STANDEN ZU DEINER VERFÜGUNG UND DU HAST IMMER NOCH NICHTS?
ICH HABE DIE BESTEN SCHATZJÄGER DRAUF ANGESETZT. SIE WERDEN ES FINDEN. SIE BRAUCHEN NUR MEHR ZEIT.
SHHREEEEE
KEINE SORGE. EINER VON IHNEN IST DIESER DETECTIVE. ER IST WIRKLICH GUT ... DER BESTE.

EIN DETECTIVE?
DER KERL SPÜRT RELIKTE AUF, SEIT ER EIN KLEINES KIND IN ASIEN WAR. ER IST RECHT KOMPETENT.
WO ANDERE NUR BLÖDSINN UND ABERGLAUBEN SEHEN, SIEHT ER ECHTE OKKULTE BEDEUTUNGEN. ALS ICH HÖRTE, DASS ER GERADE SELBST SUCHTE, HABE ICH EIN PAAR GERÜCHTE IN DIE WELT GESETZT. ÜBER GÖTTLICHE OBJEKTE UND VERFLUCHTE, BÖSE RELIKTE... NUN IST ER VÖLLIG DAVON BESESSEN, ES ZU FINDEN.
INTERESSANT.

THWUMP
IHRE AUGEN SIND VERNEBELT. ICH KANN SIE NICHT SPÜREN.
SKRSSHH!

KRUUGHH
ABER ...
IST ECHT PRAKTISCH, DASS SIE ...

RAUUGHHH!!!!
WOOOSH
ZZZHHK

SPLUUSSH
CHKUUH!
BLAM
BLAM

... KEINE SCHUSSWAFFEN BENUTZEN.
ICH WUSSTE ES. *DIESE MAAGI SIND OBDACHLOSE UND KRIMINELLE. LEICHTE BEUTE UND GENAUSO LEICHT VERGESSEN.* ABER WARUM NUR SIE? WARUM WERDEN KEINE DURCHSCHNITTSBÜRGER INFIZIERT?
NUR DIE POLIZEI UND LUCIEL HABEN WEIHWASSER, ABER DU BIST KEIN BULLE.
SAG UNS, WO DU ES BEKOMMEN HAST, WENN DU NICHT DAFÜR BEZAHLT HAST.

MIT IMMER WACHSENDEN MAAGI-HORDEN FERTIGZUWERDEN IST SCHON ZU VIEL. WAS JETZT ... MUSS ICH MICH AUCH NOCH MIT EUCH RUMSCHLAGEN?
PEEUU
BLAM
BLAM
BLAM
PEEUU
PEEUU

KHAAH!
UGH ... AARGH ...
GOTTVERDAMMT.

WARTE KURZ.
GREIF SIE NICHT AN. SIE IST BEREITS VERLETZT UND WIRD UNS ZU IHREM VERSTECK FÜHREN.
UGGGH!
CLAK

!!!
CHEK
SQUEEEK
CLACK
TAK

TÜR NICHT ABGESCHLOSSEN ...?
SIEHST ÜBEL ZUGERICHTET AUS.

WAS ZUR HÖLLE GEHT HIER VOR, MANUEL? NICHTS ERGIBT MEHR SINN.
BIST DU JETZT EINER VON LUCIELS EXORZISTEN? WAS FÜR EINE SCHEISSE HABT IHR VOR?
ICH BIN KEINER VON IHNEN, BRENNA. ABER ES IST EINE LANGE GESCHICHTE. ... UND JETZT IST NICHT DIE ZEIT, SIE ZU ERZÄHLEN.

WENN LUCIEL UNS ZUSAMMEN VORFINDET, FÄLLT FÜR UNS BEIDE DER VORHANG.
TCH!
MIT ALL DEN WAFFEN BIST DU VERTRAUT, ABER DU MUSST STÄRKER WERDEN. NOCH HÄRTER TRAINIEREN.

BRAUCHST DU HILFE?
FICK DICH. KOMM NICHT NÄHER. DIESE HÄNDE HABEN NUR ZERSTÖRT.
STIMMT ...

MEINE HÄNDE WÜRDEN DICH SCHWER VERLETZEN.
GAR TÖDLICH!!!

THWUMP
THWUMP

SLAM
EIN EXORZIST VON LUCIEL. DU BIST AUFGESPÜRT WORDEN.
!!!

SCHEISSE.
DA IST NOCH EINER.

BLUB BLUB
...
GUT, DANN IST ES EBEN SOWEIT. DU SOLLTEST WISSEN ...
DAS GEHÖRT RECHTMÄSSIG DIR UND ES IST ENDLICH AN DER ZEIT, ES DIR ZURÜCKZUGEBEN.

EIN ALTES APPARTEMENT AUSSERHALB DER STADT, SAGST DU?
EINE WAFFENKAMMER, HERRIN. HAUPTSÄCHLICH NAHKAMPFWAFFEN.
ES SCHEINT, ALS WÄRE SIE VON MANUEL IM TÖDLICHEN NAHKAMPF TRAINIERT WORDEN. WIE ES AUSSIEHT, NUTZT SIE DIE KAMMER SCHON EINE GANZE WEILE.
TOK TOK TOK

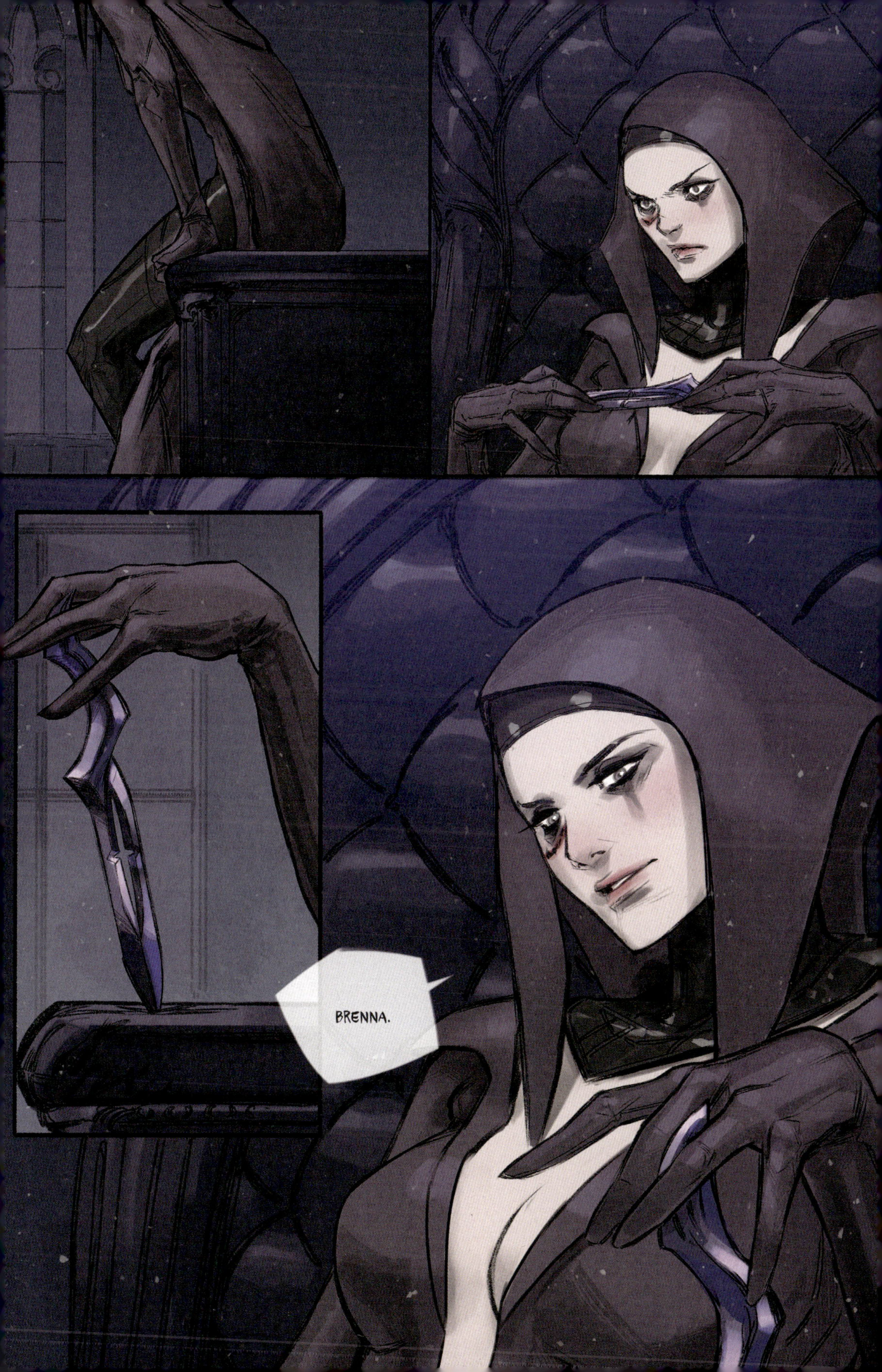
BRENNA.

WAS IST DAS? SIEHT AUS, ALS WÄRE ER EWIG NICHT BENUTZT WORDEN.
SICHER, ER IST ALT UND ROSTIG. ABER ER HAT EINE WICHTIGE GESCHICHTE, VOR ALLEM FÜR DICH.
DEINE MUTTER, MARSHA ... IHR BLUT IST AN DEM DOLCH, ZUSAMMEN MIT BEHEMAS. ES IST IHR NACHLASS.
WAS SAGST DU DA?
KHALIDA HAT IHN BENUTZT, UM DEINE MUTTER ZU TÖTEN ... UND BEHEMA. SIE WURDEN KALTBLÜTIG ERMORDET.

DIE HERRIN DES LUCIEL-CLANS?
BEHEMA NAHM UND ZOG DICH AUF ... ABER ER WAR EIN VERBRECHER. ER HERRSCHTE ÜBER EIN REICH AUS DROGEN UND PROSTITUTION. DEINE MUTTER WOLLTE EIN ANDERES LEBEN FÜR DICH. MARSHA HAT NIE AUFGEHÖRT ZU ARBEITEN, UM IHRE SCHULDEN BEI BEHEMA ABZUZAHLEN UND DEINE FREIHEIT ZU KAUFEN.
ALS KHALIDA DAVON HÖRTE, GEWANN RE GIER DIE OBERHAND. SIE HAT BEIDE GETÖTET UND IST MIT DER KOHLE ABGEHAUEN.
ALS SIE MIT IHREN NEUEN KRÄFTEN ZURÜCKKEHRTE, WOLLTE SIE DICH TOT SEHEN. DESWEGEN HIELT ICH DICH VERSTECKT ... UND TRAINIERTE DICH.
DU WURDEST IM KAMPF TRAINIERT, HAST DAS TÖTEN GELERNT, JEDE WAFFE ZU BEHERRSCHEN. ABER ES GING NIE UM DIE MAAGI. ES GING IMMER NUR UM RACHE ... UNSERE RACHE AN KHALIDA!

WIE DEM AUCH SEI, NUN KANN ICH NICHT MEHR ZURÜCK.
... UND DAS SAGST DU MIR ERST JETZT?!
PLAP

UND WARUM ICH? ICH WAR NUR EIN KLEINES MÄDCHEN. DU HAST DOCH VIELE PROFESSIONELLE HANDLAGER AUF DEINER SEITE.
WIE ICH DIR BEREITS SAGTE, WIR BRAUCHEN VIEL MEHR ALS DAS AUF UNSERER SEITE. WIR BRAUCHEN DAS ENGELSRELIKT, WELCHES KHALIDAS RELIKT BESIEGEN KANN. SIE KANN NICHT BESIEGT WERDEN, EGAL WIE VIELE SCHLÄGER MAN AUF SIE HETZT.
ABER DU BIST *BESONDERS.* ANDERS.
WAS MACHT MICH SO BESONDERS?
KHALIDAS NEUE KRÄFTE MACHTEN SIE UNBESIEGBAR. SIE WURDE BRUTAL, KALTBLÜTIG UND TÖTETE ALLE, DIE IHR IM WEG WAREN. ALLEINE IHR NAME REICHTE UND DIE HÄRTESTEN GANGS DER STADT HABEN SICH EINGESCHISSEN.
ABER ZU DIR WIRD SIE NICHT SO GRAUSAM SEIN, WIE ZU DEN ANDEREN.

KEINE ZEIT MEHR FÜR WEITERE ERKLÄRUNGEN. DIE EXORZISTEN SUCHEN BEREITS NACH DIESEM DETECTIVE, KEN.
WAS?
DU WEISST VON KEN?
JA, ICH HABE GEHOFFT, DASS ER DAS ENGELS-RELIKT FINDET.
DU WUSSTEST VON MEINEN UND KENS ... UNSEREN GEHEIMEN TREFFEN ... DIE GANZE ZEIT?
ES WAR ENTSCHEIDEND ZU WISSEN. SEIN WISSEN, WAS KULTURELLES ERBE UND RELIKTE ANGEHT, IST BEMERKENSWERT. ES WÜRDE MICH NICHT WUNDERN, WENN ER ES FINDET. ER HAT KEINEN ANSCHLUSS AN DIE HEUTIGE ZEIT, HEGT JEDOCH GROSSEN RESPEKT FÜR DIE ARCHÄOLOGIE UND KENNT SICH WIRKLICH MIT RELIKTEN AUS.

KRUNCH
ES IST ECHT ...
DIE LEGENDEN SIND
TATSÄCHLICH WAHR.
SHWSH

VERDAMMT.
WAS ZUR ...
KLIK
SIND SIE ERSTOCHEN WORDEN? EIN MESSER?
DIESE WUNDE SIEHT NICHT VERTRAUT AUS. ETWAS SCHARFES SPIESSTE DEN KÖPER AUF.
BZZZT
ZZZZHHHTTT
KEN, WO BIST DU?

KKKKKCHHH
BRENNA ...?
ICH KANN DICH KAUM HÖREN. DIE VERBINDUNG BRICHT AB.
ICH HABE DIE RUINEN EINES URALTEN TEMPELS ENTDECKT. ICH BEFINDE MICH AM FUSSE EINES VERSTECKTEN TALS MITTEN IM WALD, EINE STUNDE SÜDÖSTLICH VON MELANFIELD.
HÖR ZU, ICH BIN SO NAH DRAN, DAS RELIKT ZU FINDEN! DIE OBJEKTE, DIE VON ENGELN UND DÄMONEN ZURÜCK-GELASSEN WURDEN, DIE VERGESSENE GESCHICHTE ... ES IST ALLES WAHR!! ES SIEHT SO AUS, ALS HÄTTE EINE FAMILIE SIE VOR MIR GEFUNDEN. IHR NAME IST ...
SCHEISSE! KEN, ICH VERLIERE DICH. DU MUSST DA SOFORT RAUS! DIE EXORZISTEN WISSEN, WO DU BIST! SIE SIND UNTERWEGS ZU DIR!
EXORZISTEN?

MAN IST DIR GEFOLGT...
KRRAAKK
ARRGHH!
!!!
KEN, HALLO?!
DRECKSDING.
„EINE STUNDE SÜDÖSTLICH VON MELANFIELD. WALD. FUSS EINES TALS. TEMPEL-RUINEN."

HERRIN KHALIDA.
ICH BIN DES WARTENS LEID. DU BIST DER DETECTIVE, DER SCHATZJÄGER, RICHTIG?
CLIK

CLAK CLIK CLAK
DU HAST DIESEN ORT GEFUNDEN. DU HAST SO VIEL ENTDECKT. VIEL MEHR ALS MANUEL.

HIER ENTDECKTE ICH DAS OBJEKT DES BÖSEN. DOCH DAS ENGELSRELIKT WAR NIRGENDS ZU FINDEN. ICH HABE JEDEN WINKEL ABGESUCHT.
SAG ES MIR.
WO IST DAS GÖTTLICHE RELIKT?
WENN IHR ETWAS VON MIR WOLLT, DANN MÜSST IHR EINEN DEAL MIT MIR EINGEHEN.
IHR GLAUBT, IHR KÖNNT MIR DROHEN? NE, FÜR DEN MIST HABT IHR EUCH LEIDER DEN FALSCHEN AUSGE-SUCHT.
EINEN DEAL EINGEHEN?

HAHAHA
NUN GUT.
EIN JAMMER, SOLCH EINEN TALENTIERTEN MANN ZU TÖTEN.
BRENNAS LEBEN. DA IST DEIN DEAL.
BRENNA?
JA, ICH WEISS ÜBER ALLES BESCHEID.
ICH WUSSTE SEIT LANGEM, DASS BRENNA AM LEBEN IST. MEIN EXORZIST MANUEL ZOG SIE AUF UND BILDETE SIE ZU EINER KILLERIN AUS.
ICH WUSSTE VON ALLDEM, ABER ICH TAT SO, ALS WÜRDE ICH ES NICHT TUN. IHR LEBEN WAR IMMER IN MEINER HAND.
ICH HABE MANUEL DIE INFORMATIONEN ZUGESTECKT, IN DER HOFFNUNG, DASS BRENNA MICH ZUM ENGELS-RELIKT FÜHRT.
ICH WEISS NICHT, WIEVIEL DU VON DEM WAS GERADE VORGEHT WEISST ...
DIE WAHRSCHEINLICHKEIT, DASS ER DAS GÖTTLICHE RELIKT FINDET, IST HOCH. DOCH ER WIRD ES NIE FÜHREN KÖNNEN.

WEIL ER INFIZIERT IST, DURCH DAS BÖSE MEINES EIGENEN RELIKTES.
ALSO, WAS HAST DU MIR ALS AUSTAUSCH FÜR BRENNAS LEBEN ANZUBIETEN?
BRENNA MAG ES VIELLEICHT MIT EINER HANDVOLL MEINER EXORZISTEN AUFNEHMEN, ABER ICH HABE DUTZENDE, DIE ICH AUF SIE HETZEN KANN,
SAG MIR, WAS DU WEISST!
GUT, ABER SIE MÜSSEN VERSPRECHEN, IHR LEBEN ZU VERSCHONEN.
DU HAST MEIN WORT.

VOR LANGER ZEIT GAB ES EINEN KRIEG ZWISCHEN GUT UND BÖSE. MIT DEM FORTSCHRITT DER ZIVILISATION GERIET DER KONFLIKT IN VERGESSENHEIT.
GEGEN ENDE DES KRIEGES HABEN BEIDE SEITEN IHRE MACHT IN IHREN EIGENEN RELIKTEN EINGESCHLOSSEN. SIE WURDEN VERSTECKT UND HEUTZUTAGE DENKEN DIE LEUTE, ES SEI BLOSS EIN ABERGLAUBE ...
ICH STIESS AUF EINE FAMILIE MIT EINER LANGEN SCHATZJÄGER-TRADITION. SIE ENTDECKTE DIE RELIKTE UND GLAUBTE AN DIE LEGENDEN, ALS SONST NIEMAND DARAN GLAUBTE ...
DIE FAMILIE FERNANDEZ.

IN SPÄTEREN GENERATIONEN GAB DIE FAMILIE FERNANDEZ IHRE TRADITIONEN AUF UND VERSCHLEUDERTE IHR VERMÖGEN.
DAS DUNKLE RELIKT WURDE VOR DER WELT VERBORGEN, AN EINEM GEHEIMEN ORT VERGRABEN. ABER DAS ENGELS-RELIKT WURDE INNERHALB DER FAMILIE WEITERGEGEBEN.
IHR SEID ZUFÄLLIG AUF DIESEN ALTEN TEMPEL GESTOSSEN UND HABT DAS DUNKLE RELIKT GEFUNDEN.

DER GRUND, DASS BISHER NIEMAND DAS ENGELS-RELIKT FINDEN KONNTE, IST, DASS ES IMMER WEITERGEREICHT UND VON GENERATION ZU GENERATION VERERBT WURDE.
DAS HAT DIE SUCHE NACH DEM ORT IMMENS ERSCHWERT.
DAS IST, WAS ICH BISHER HERAUSGEFUNDEN HABE. REICHT IHNEN DAS FÜR DEN DEAL?
MARSHA FERNANDEZ!
ICH HATTE IHN BEINAHE ...
DER DOLCH! VON DAMALS ...

ZIEHT SOFORT LOS, FINDET MANUEL! BRINGT IHN LEBEND ZU MIR. ER MUSS AM LEBEN SEIN!
DANN IST ... DIESE WUNDE, DIE NIE VERHEILT IST ...

DEINE INFORMATION WAR ES IN DER TAT WERT, DETECTIVE ...?
KEN.
KEN.
UNSER DEAL WAR ... BRENNAS LEBEN IM TAUSCH GEGEN DIE INFORMATIONEN.
ICH HALTE MEIN WORT ... UND ICH SEHE DICH SCHON BALD WIEDER.
ERLEDIGT IHN.

ER ANTWORTET NICHT.
SIE SIND IHM DIREKT AUF DEN FERSEN ... ES IST ZU SPÄT.

WENN ER DAS ENGELS-RELIKT GEFUNDEN HAT, IST ES SEHR WAHRSCHEINLICH, DASS KHALIDA ES IHM ABGENOMMEN HAT. SCHEISSE! UNSERE EINZIGE CHANCE KHALIDA AUSZUSCHALTEN, DIE EINZIGE CHANCE AUF RACHE ... WEG.
SHLURP
DU WARST NICHT BEREIT, ICH WOLLTE DIR ALLES VERRATEN, NACHDEM WIR DAS ENGELS-RELIKT GEFUNDEN HATTEN, ABER OHNE KANNST DU KHALIDA NICHT EINMAL BERÜHREN.
CLING
ES IST VORBEI. ICH BIN GEFANGEN IN DIESEM VERFLUCHTEN KÖRPER, DER NICHT STERBEN, ABER JEDEN SCHMERZ EMPFINDEN KANN.
CHIK CH
TAK!
ES IST NOCH NICHT ZU SPÄT. KEN IST NICHT WEIT VON HIER. WIR KÖNNEN ES SCHAFFEN.

WAS ZUR HÖLLE?! WILLST DU ECHT HIER BLEIBEN UND WEITER WHISKEY SCHLÜRFEN?
CREAK
ZU SPÄT ...
DONK!

KEN, GEH ANS TELEFON.
VRRRRM

SHSSSW
KRTCH
KRRRTC
CHKUUH

WAS MACHT IHR FÜR EINEN KRACH? IHR HÄTTET EINFACH DIE TÜR NEHMEN KÖNNEN.
GLUG GLUG
THUDD

MANUEL, NACH EINER SO LANGEN GEMEINSAMEN VERGANGENHEIT, NEIGT SICH UNSERE ZEIT NUN DEM ENDE ZU.
DU KANNST STERBEN, NACHDEM DU MIR EINE SACHE GEBRACHT HAST.

ERINNERST DU DICH AN MARSHAS ALTEN DOLCH? BRING IHN MIR.
MARSHAS DOLCH? WARUM FRAGST DU MICH ...?
DAS IST NICHT WAHR ...
DOCH. DAS ENGELS-RELIKT. DIESER DOLCH HAT KEINE MACHT IN DEN HÄNDEN EINER BÖSEN UND VERDORBENEN SEELE WIE DER DEINIGEN.

HEEHAHES!
HAHAHAH
HAHAH
BÖSE? DU NENNST MICH BÖSE! MICH, MANUEL, BÖSE?
AHHAHEEHA!
GANZ RECHT. BÖSE. ABER WIR SIND ALLE BÖSE, KHALIDA.

BRENNA HAT MARSHAS DOLCH. ER IST ENDLICH VON MUTTER ZU TOCHTER ÜBER-GEGANGEN. WIR LAGEN VON ANFANG AN FALSCH, ODER?
ÜBERALL NACH ETWAS GESUCHT, WAS DIREKT IN UNSERER NÄHE WAR ... WIR HABEN WOHL EINEN ORDENTLICHEN UMWEG GENOMMEN.
ICH ERZÄHLTE BRENNA, DASS DU ALL DAS GETAN HAST. ICH HABE DEN MORD AN MARSHA GEPLANT, BEHEMA STARB DURCH MEINE HAND ... ABER SIE DENKT DAS WARST ALLES DU!
DU UND ICH SIND VERFLUCHT. WIR BEIDE HABEN VIELE SÜNDEN BEGANGEN ...
DU SCHLAMPE! AUF DEINEN BLUTGETRÄNKTEN HÄNDEN LASTET EIN VIEL SCHWERWIEGENDERER FLUCH.

MANUEL, DU BIST JA VIEL MENSCHLICHER GEWORDEN. DU VERDIENST ES ZU STERBEN UND SCHLIESSLICH HAST DU DEINE MISSION AUCH ERFÜLLT.
DU WARST DERJENIGE, DER MICH GERETTET HAT. ICH SCHULDE DIR WAS.
THHHKKKK

UND NUN WIRST DU ZU MIR KOMMEN. BRENNA.

KEN!!!
CRRNCH
KEN!!!
BRENNA ...
SHUUU
KEN.

!!!
KEN!!!
PAPAP
KEN! WACH AUF! KOMM SCHON, KEN. LEBST DU NOCH?

JA ... GERADE SO. UND AUCH NUR WEGEN DIR, BRENNA.
AAHUUK
ICH WILL NICHT, DASS MAN DIR DA DRAUSSEN WAS ANTUT.
DANKE, ICH HAB SELBST MEHR ALS GENUG DAVON. DU KÖNNTEST ES EHER BRAUCHEN.

ERLEDIGT IHN.
FWWP
AGGHH.

GLUP
!!!
WENIGSTENS ... KANN ICH DICH EIN LETZTES MAL ... SEHEN.
ICH BIN INFIZIERT. ENTWEDER ICH STERBE ODER ICH WERDE KURZ DARAUF ZUM MAAGI.

HÖR MIR ZU. ICH HABE ALLES ÜBER KHALIDAS DOLCH ERFAHREN ... ER IST DÄMONISCH UND ECHT, KEIN ABERGLAUBE.
ABER ICH GLAUBE DASS DAS ENGELS-RELIKT VON EINER SCHATZJÄGER-FAMILIE VERWAHRT WURDE.
VIELLEICHT HABEN DIE IHN VERKAUFT. ABER ER IST IRGENDWO DA DRAUSSEN ...
SOBALD DU DAS ENGELS-RELIKT FINDEST, KANNST DU KHALIDA BESIEGEN. WENN DU GLÜCK HAST, KANNST DU DAMIT IHR DÄMONEN-RELIKT ZERSTÖREN.
ANDERS GEHT ES NICHT. WENN DU IHN NICHT FINDEST ... ERLEIDEN WIR BEIDE DAS GLEICHE SCHICKSAL, DENK DARAN!

NEIN!
HALT DURCH,
KEN!
NEIN ...
DU
KANNST ES
SCHAFFEN!
HOCH MIT DIR.
ICH HAB NE IDEE.
HALT DURCH.

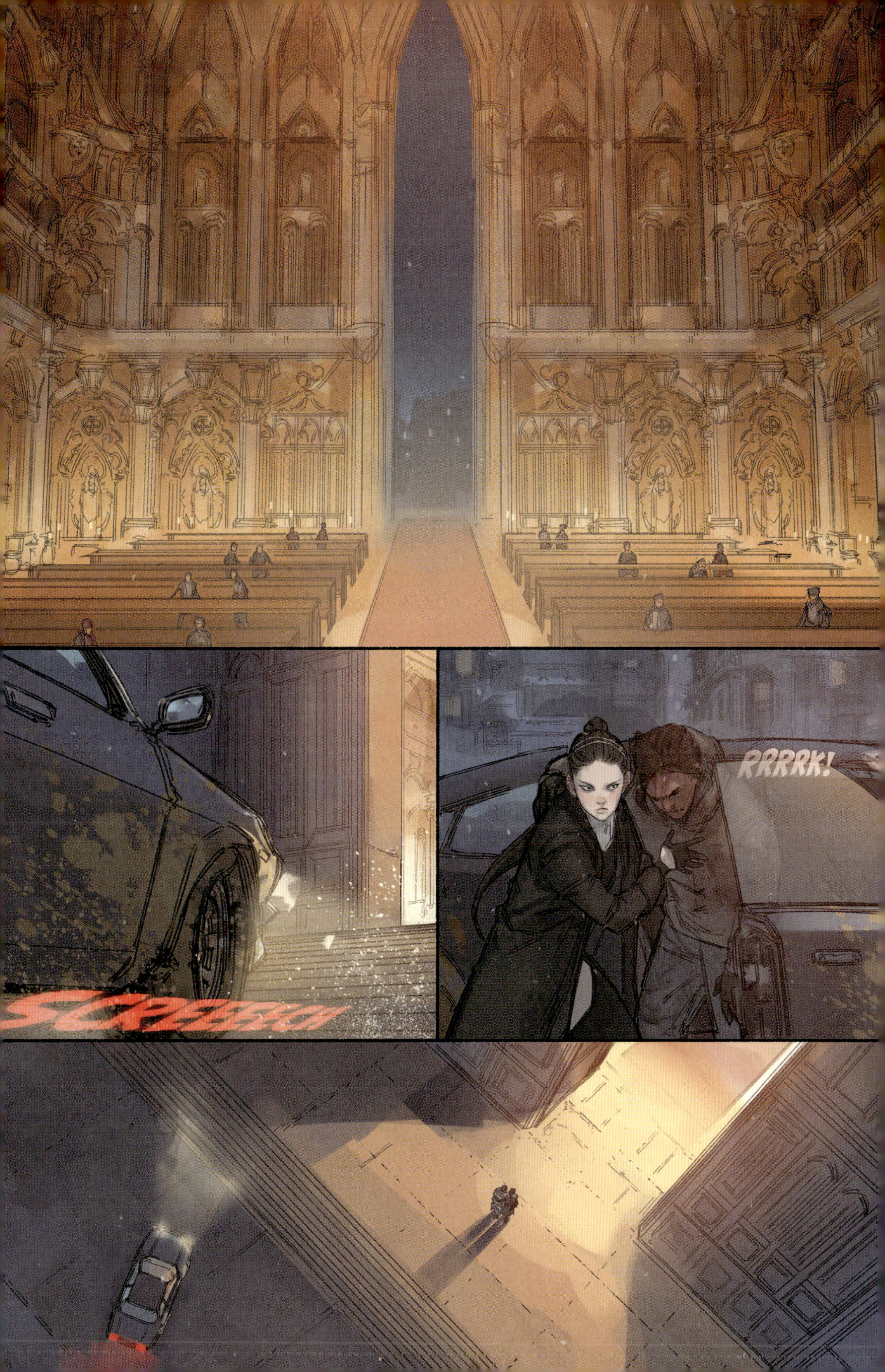
SCREEECH
RRRRK!

KHALIDA! KEN WURDE DURCH DEIN WEIHWASSER INFIZIERT. ICH WEISS, DASS DEIN DOLCH IHM HELFEN KANN!
WAGE ES NICHT, IHN STERBE ZU LASSEN.
KHALIDA!!!

BITTE ... KHALIDA ...
CREEEK

HERRIN! OH HERRIN.
MEINE HERRIN.
KHALIDA.
BRENNA ...
DU SIEHST AUS WIE DEINE MUTTER.

DU WIRST JETZT SEIN LEBEN RETTEN. SOFORT!
ICH SEHE, ER TRANK VON MEINEM WEIHWASSER. ICH WUSSTE NICHT, DASS ER ES HATTE.
WARTE, ICH ERKENNE IHN ... DER DETECTIVE, NICHT WAHR?
WEIHWASSER? NENN ES NICHT SO. DU HAST MEINE MUTTER GETÖTET, DU HAST BEHEMA GETÖTET UND DU WOLLTEST AUCH MICH TÖTEN LASSEN. DU BIST DAS REINE BÖSE. WARUM GIBT ES SOLCHE ERBÄRMLICHEN MENSCHEN WIE DICH ÜBERHAUPT?
MENSCHEN?
BRENNA, ICH WÜNSCHTE, ICH WÄRE STERBLICH WIE EIN MENSCH.
IM ERNST.

ICH KOMME GLEICH RÜBER UND MACHE DICH MIT DEM ENGELS-RELIKT ALLE. WARTE NUR.
WOZU WARTEN? ICH ERWECKE EINFACH DEINE SEELE.
WENN DU EINE REINE SEELE HAST, WIRST DU ERWECKT WERDEN, WIE ICH EINST ...
UHHHH.
GAKK KKAHHHH.

TUUP

KA KRAK !
BLAM
BLAM
KKRAKK !
BLAM
!!!

SHHUUF
UGHH

AAAGGGH!
SHHK!
!!!
THKT!
KHALIDA!!!

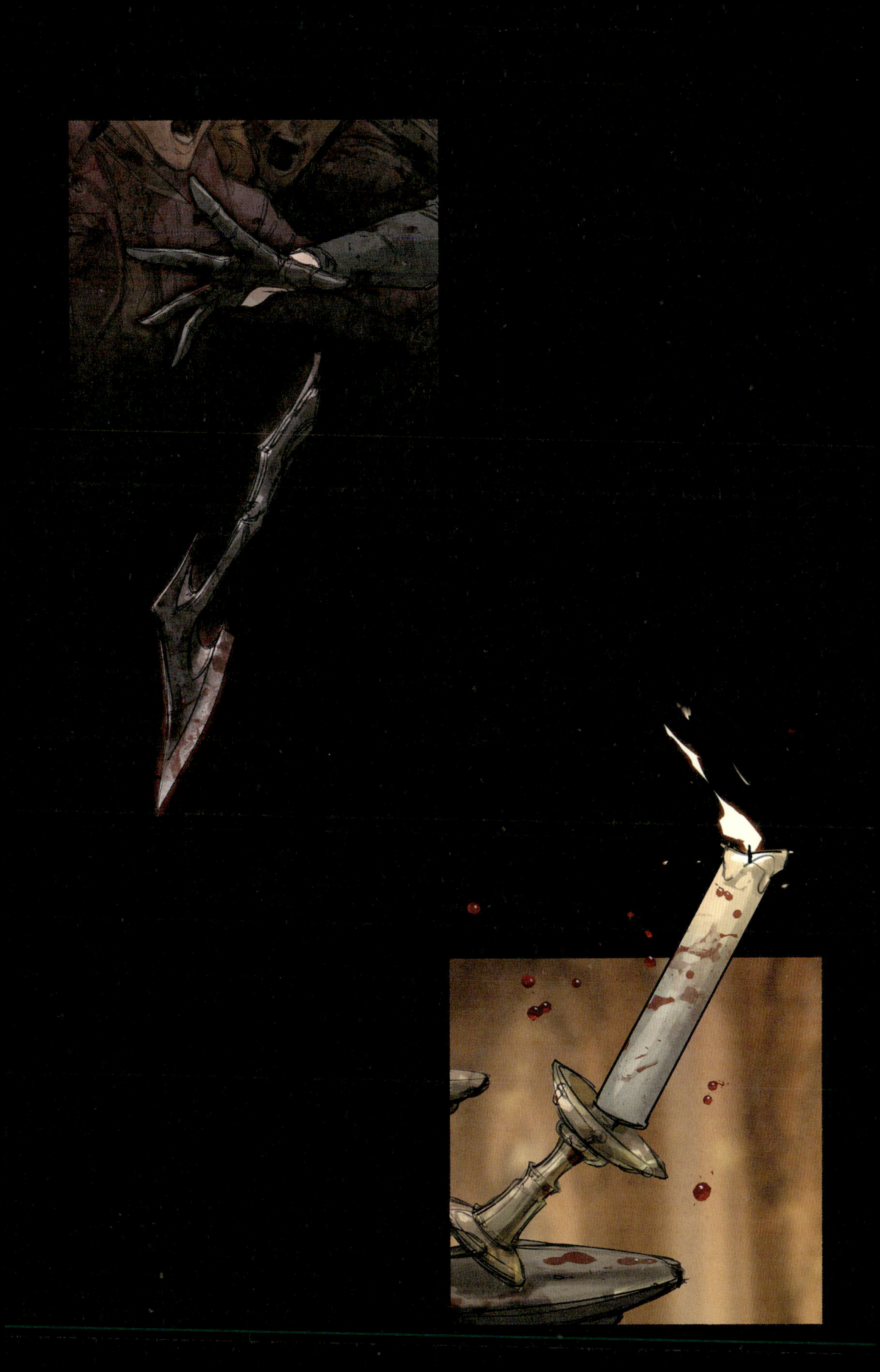

AH, DA IST ENDLICH DIE BRENNA, DIE ICH SEHEN WOLLTE. SCHÖN DICH ZU SEHEN.
BLORRT BLORRT
BRENNA ...

SCHAU DICH UM. DEINE ERWECKUNG BRACHTE NICHTS ALS TOD MIT SICH. DAS ENGELS-RELIKT UND DAS VERFLUCHTE RELIKT SIND GLEICH. ES GIBT KEINEN UNTERSCHIED ZWISCHEN GUT UND BÖSE. BEIDES VERLEIHT DASSELBE ... UNBEZWINGBARE MACHT.
UND DIESE MACHT WIRD UNS LETZTENDLICH ...
VERFLUCHEN!!!

NUN ...
ICH WAR SO EINSAM. ICH HABE SO LANGE HIERAUF GEWARTET, BRENNA. DU KANNST DIR NICHT VORSTELLEN, WIE LANGE ICH MICH NACH DIR GESEHNT HABE, WÄHREND ICH DIESES VERFLUCHTE LEBEN ERLEIDEN MUSSTE.

TAK!

ICH WAR SO LANGE GEFANGEN UND WOLLTE EINFACH FREI SEIN.
JETZT BIST DU AN DER REIHE. DEIN NEUES, LEIDERFÜLLTES LEBEN BEGINNT JETZT AN MEINER SEITE.

DAS BLUT AUF DEINEM GESICHT MUSS DICH ECHT GLÜCKLICH MACHEN.

AH JA.
FWWWH

THUPP

THHWK

UUHHFF
AAAGGGH ...

ICH HABE FÜR MEINE SÜNDEN GEZAHLT.
MARSHA ... LASS MICH GEHEN.

THUDD

DEINE ABSICHTEN SIND UNWICHTIG ... GUT ODER BÖSE ... WENN DU NICHT VON DER MACHT DES RELIKTES VERFLUCHT WERDEN WILLST ... DÜRFEN SIE NICHT IN DEINEM BESITZ SEIN.
WÄHLE DEIN SCHICKSAL.

EEEEEGH!
AAAAAAH!
THUD
BRENNA ...
BENUTZE DAS ENGELS-RELIKT UM DAS DÄMONISCHE ZU ZERSTÖREN. BEEILUNG!

TINK
TINK
TINK
SHWWF

NEIN.
ICH SAGTE DOCH, DASS DU ES SCHAFFEN WIRST.
!!!

BRENNA ...

POLIZEIWACHE MELANFIELD
KLIK
... UND SIE WAREN ZUFÄLLIG DABEI, ALS DIE HERRIN DER LUCIEL IHR ENDE FAND, KÖNNEN SIE DIE SITUATION BESCHREIBEN?
... DIE MAAGI SIND AUS DER GESAMTEN STADT VERSCHWUNDEN. DER POLIZEIPRÄSIDENT SAGT, ES WAR ALLES DANK IHNEN ... WANN HABEN SIE DIE VERSCHWÖRUNG IM KLOSTER ENTDECKT?
KLIK
WAS IST MIT DEN AUGENZEUGENBERICHTEN VON MAGISCHEN DOLCHEN?
KLIK
GIBT ES ÜBERNATÜRLICHE KRÄFTE WIRKLICH?

DAS REICHT. ZURÜCKBLEIBEN! DER KOLLEGE HAT GENUG VON IHREN FRAGEN BEANTWORTET!
IN ORDNUNG, PASS AUF, WO DU HINTRITTST. SEI VORSICHTIG.
KLIK
...
HIER IST DEINE MARKE. DU WIRST DOCH WIEDER HIER ARBEITEN, ODER?

FWWP
HEY, IHR HELDEN, KOMMT MAL IN MEIN BÜRO.
HI, CHEF, ÄH ...

KEN. DU UND ICH WAREN'S ... WIR WAREN DER VERSCHWÖRUNG VON ANFANG AN AUF DER SPUR, JA? WENN WIR UNS KLUG ANSTELLEN, WINKT UNS BEIDEN EINE BEFÖRDERUNG.
HÖREN SIE ZU, DAS WAR ERST DER ANFANG. WAS JETZT KOMMT, IST UM EINIGES SCHLIMMER.
DIE WAHRE DUNKELHEIT LAUERT BEREITS. VIELLEICHT KÖNNEN WIR SIE AUFHALTEN ... VIELLEICHT ...
WIR MÜSSEN UNS AUF SIE VORBEREITEN.

COVER GALERIE

COVER 1A
JEEHYUNG LEE

COVER 1B
PEACH MOMOKO

COVER 1D
BEN OLIVER

COVER 1F
SOZOMAIKA

EXCLUSIVES 616 COVER
JAY FERGUSON

COVER 2A
JEEHYUNG LEE

COVER 2B
JEEHYUNG LEE

COVER 3A
JEEHYUNG LEE

COVER 3B
JEEHYUNG LEE

COVER 4A
SOZOMAIKA

COVER 4B
JEEHYUNG LEE

COVER 5A
BEN OLIVER

COVER 5B
JEEHYUNG LEE

COVER 6A
JEEHYUNG LEE

COVER 6B

COVER 7A

COVER 7B

CHARAKTER DESIGNS

IM FOLGENDEN WIRD EINE AUSWAHL AN CHARAKTER DESIGNS, REQUISITEN. WAFFEN UND OUTFITS VON JEEHYUNG LEE VORGESTELLT.

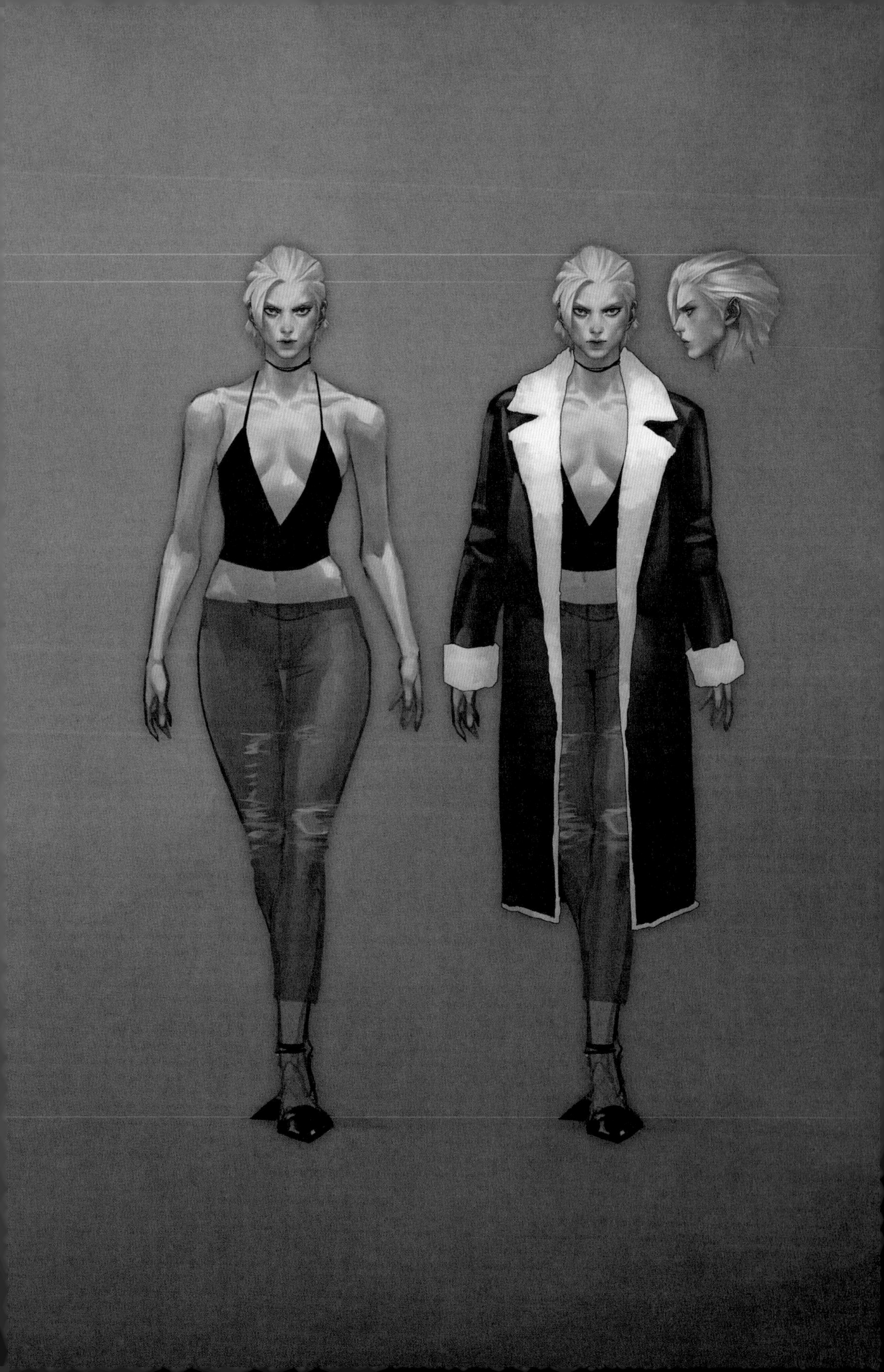

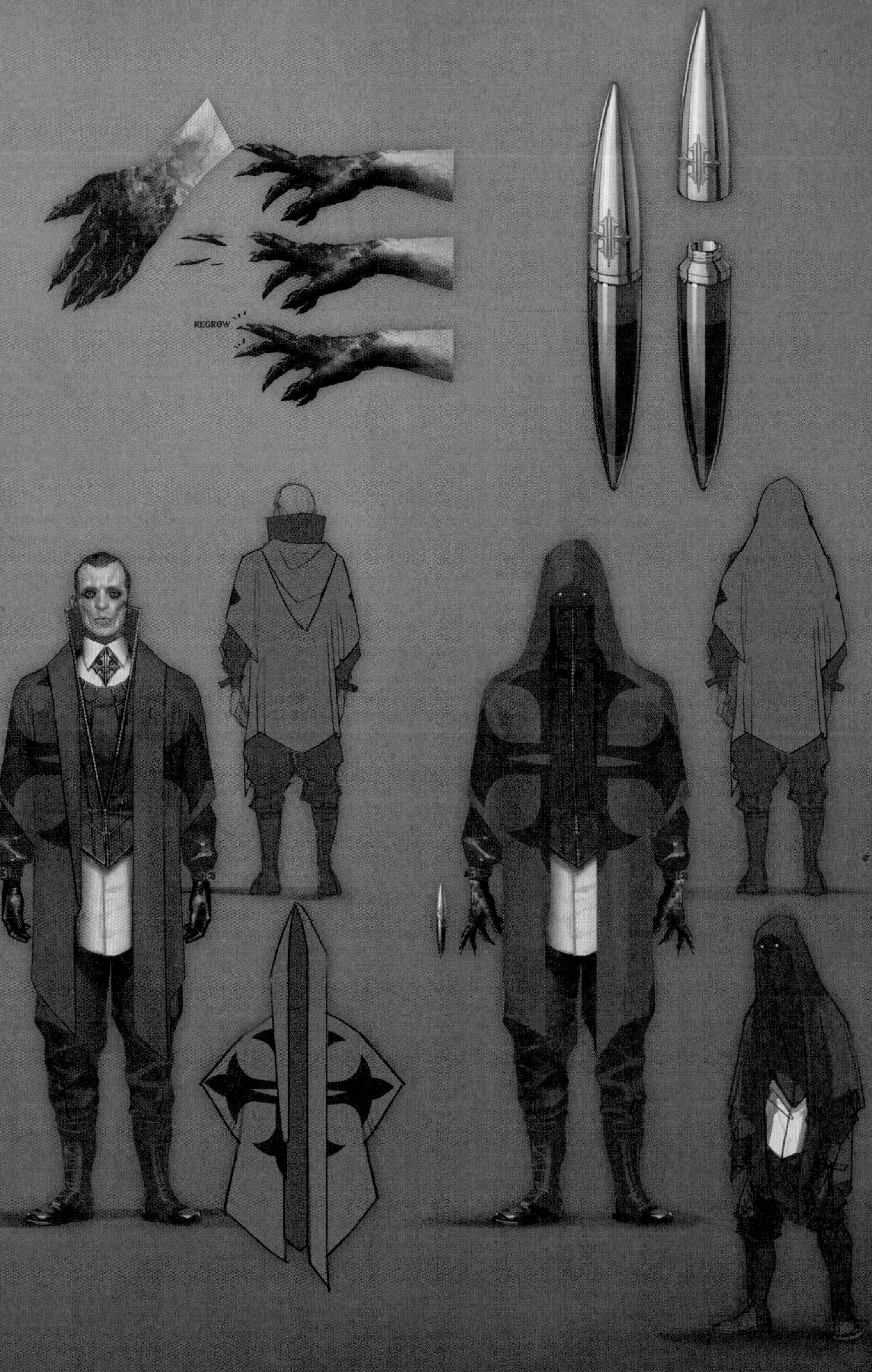
REGROW

X2
X2

VON SKIZZE BIS ZUR FERTIGEN SEITE

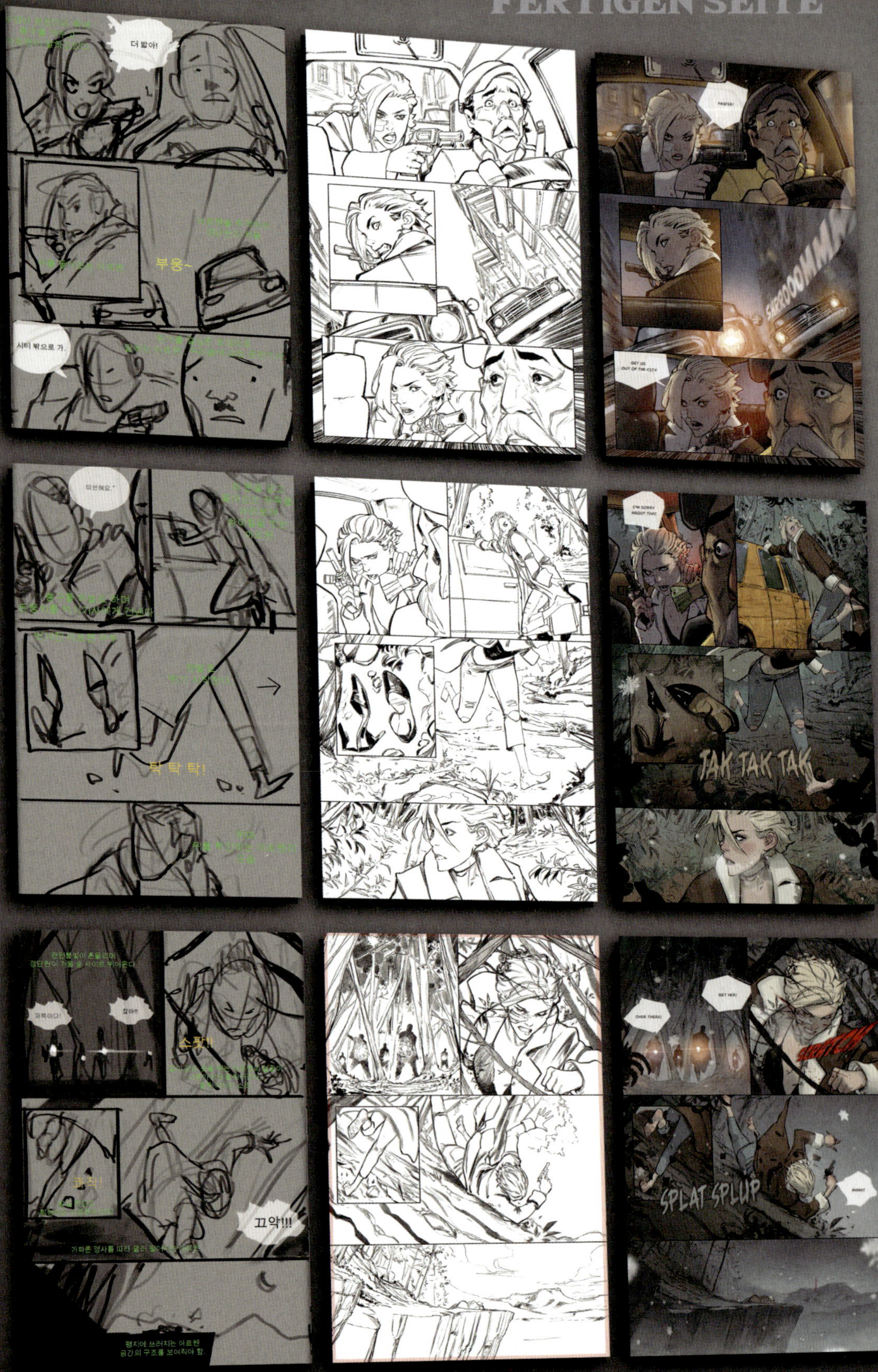

THWUMP
THEIR EYES ARE HAZY. I CAN'T SENSE THEM.
SPLUUSSH
BLAM
BLAM
DEALING WITH INCREASING MAGGI IS OVERWELMING. NOW WHAT.. I HAVE TO DEAL WITH YOU ALL.
BLAM
BLAM
BLAM

전화를 받지않아..
이미 놈들이
그 형사의 뒤를 밟았으니...
천사의 오브젝트를 찾았다면
빼앗겼을 확률이 높겠군.
칼리다 그년을 죽일 수 있는
무기였는데..
모든 게 끝났어.
그 긴 시간 동안
복수를 꿈꿔왔는데
다 망친 거야...
홀짝
넌 준비가 안됐어..
그리고 이 얘기는..
천사의 오브젝트를
찾아낸 상황에서
해줄 얘기였어. 브레나..
오브젝트 없이는 칼리다
근처에도 갈 수 없어......
다 끝났어..
이 몸은 저주를 받아
마음대로 죽지도 못한다고..
고통만 느낄 뿐이야.
철컥!
틱!
아직 늦지 않았어.
켄이 얘기했던 장소.
여기서 그리 멀지 않아.
부아앙!!

NOT ANSWERING.
THEY'RE RIGHT BEHIND HIM... IT'S TOO LATE.
IF HE FOUND THE ANGELIC RELIC, THERE'S A HIGH CHANCE KHALIDA TOOK IT FROM HIM. SHIT! OUR ONE CHANCE TO TAKE KHALIDA OUT. OUR ONE CHANCE FOR REVENGE - GONE.
SHLURP
YOU'RE NOT READY. I WAS GONNA TELL YOU EVERYTHING AFTER WE FOUND THE ANGELIC RELIC. YOU CAN'T EVEN TOUCH KHALIDA WITHOUT IT.
IT'S OVER. I'M STUCK IN THIS CURSED BODY THAT CAN NEVER DIE, BUT I CAN STILL FEEL PAIN.
CHIK CHAK
TAK!
IT'S NOT TOO LATE. KEN'S NOT FAR FROM HERE. WE CAN MAKE IT.

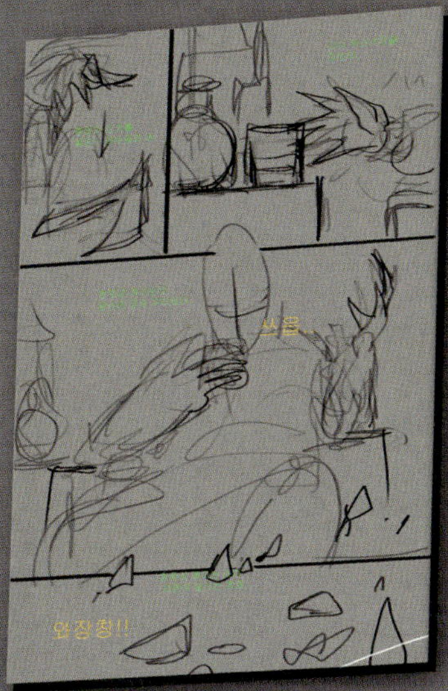
쓰읍...
와장창!!

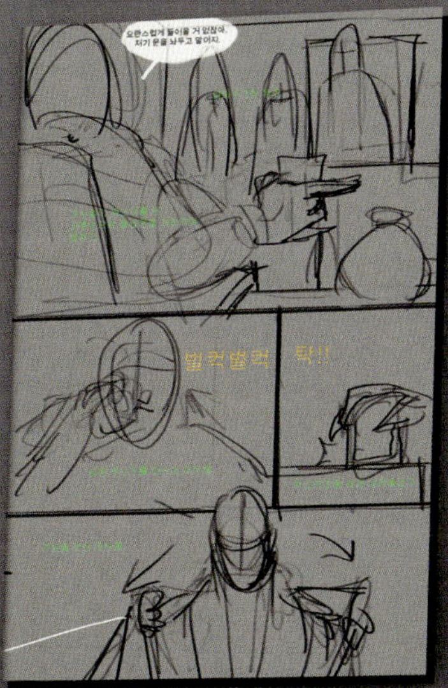
요란스럽게 들어올 거 있잖아. 저기 문을 놔두고 말이지.
벌컥벌컥
탁!!

WHAT ARE YOU MAKING SO MUCH NOISE FOR? YOU COULD HAVE JUST USED THE DOOR.
GLUG GLUG
THUDD

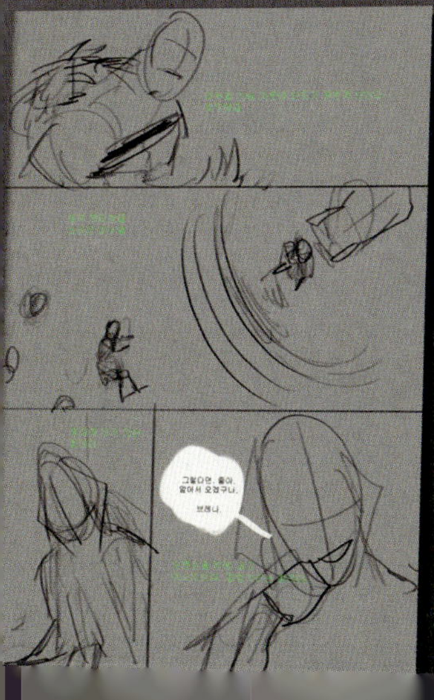

AND NOW, SHE WILL COME TO ME. BRENNA.

BIOGRAFIEN DER KÜNSTLER

JEEHYUNG LEE

Jeehyung Lee ist ein Comic- und Videospielillustrator aus Südkorea. Als ehemaliger Art Director und Konzeptkünstler bei Netmarble hat er seine Spuren in den spannenden Welten der Comics und Videospiele hinterlassen.

Jeehyung entwarf dynamische Superhelden-Cover für Marvel und DC Comics, gestaltete ein Albumcover für den K-POP-Künstler ***Wanna One*** und erschuf die ***Charaktere Luna Snow*** und ***Sharon Rogers***, die im beliebten Videospiel ***Marvel Future Fight!*** In Aktion zu sehen sind. Neben lizenzierten Arbeiten kreierte er auch seinen eigenen, übernatürlichen Thriller-Comic ***GUMAA***.

NABETSE ZITRO

Nabetse Zitro ist ein autodidaktischer Illustrator aus Paraguay, der sich auf visuelles Erzählen spezialisiert hat. Seine digitalen Bilder sind besonders für ihre narrative Kraft bekannt. Zu seinen beeindruckendsten Auftraggebern zählen ***Marvel Comics***, für die er zahlreiche Comic-Cover und Seiten gestaltet hat, und der Bestsellerautor ***Brandon Sanderson***, für den er Buchillustrationen angefertigt hat.

Darüber hinaus hat er Illustrationen für Kartenspiele, Indie-Videospiele und Bücher erstellt. Zu seinen persönlichen Projekten zählt eine Serie von Illustrierten Kurzgeschichten, die seine Frau ***Patricia Camp*** verfasst hat.